我的宝贝

Echo Legend

三毛

南海出版公司

青马(天津)文化有限公司
出　品

目 录

	缘　起	1
1	十字架	5
2	别　针	7
3	双　鱼	9
4	老别针	11
5	项　链	13
6	锁	14
7	还是锁住了	16
8	秋水伊人	19
9	五更灯	21
10	林妹妹的裙子	25
11	煲	29
12	十三只龙虾和伊底斯	31
13	守财奴	34
14	仅存的二个石像	37

15	大地之母	39
16	牛羊成群	41
17	织　布	43
18	不打双头蛇	45
19	闪烁的并不是金子	47
20	二十九颗彩石	51
21	红心是我的	52
22	本来是一双的	55
23	手上的光环	56
24	心爱的	57
25	刻进去的生命	60
26	痴心石	63
27	结婚礼物	67
28	笼子里的小丑	69
29	小丁神父的女人	73
30	蜜月麻将牌	79
31	广东来的老茶壶	84
32	阿富汗人哈敏妻子的项链	88
33	幸福的盘子	92

34	腓尼基人的宝瓶	95
35	沧　桑	99
36	药　瓶	101
37	日历日历挂在墙壁	105
38	我敬爱你	107
39	PEPA情人	111
40	梦幻骑士	115
41	来生再见	116
42	第一个彩陶	123
43	第一张床罩	127
44	第一串玫瑰念珠	131
45	第一条项链	135
46	第一次做小学生	138
47	第一个奴隶	141
48	第一匹白马	147
49	第一套百科全书	150
50	娃娃国娃娃兵	155
51	时间的去处	160
52	橄榄树	165

53	西雅图的冬天	166
54	亚当和夏娃	169
55	我要心形的	172
56	印地安人的娃娃	175
57	再看你一眼	178
58	遗　爱	181
59	受难的基督	188
60	小偷、小偷	191
61	洗脸盆	195
62	美浓狗碗	197
63	擦鞋童	201
64	小船ECHO号	205
65	邻居的彩布	208
66	酒　袋	210
67	妈妈的心	214
68	不向手工说再见	218
69	天衣无缝	222
70	停	225

71	你的那双眼睛	229
72	乡　愁	233
73	血象牙	236
74	不约大醉侠	240
75	华陶窑	244
76	知　音	249
77	银器一大把	253
78	鼓　椅	256
79	阿潘的盘子	260
80	让我讲个故事	262
81	糯米浆碗	265
82	初见茅庐	267
83	再赴茅庐	272
84	三顾茅庐	280
85	印度手绣	285
86	飞　镖	289

　　　后　记　　　　　291

缘　起

我有许多平凡的收藏，它们在价格上不能以金钱来衡量，在数量上也抵不过任何一间普通的古董店，可是我深深地爱着它们。也许，这份爱源出于对于美的欣赏，又也许，它们来自世界各地不同的国家，更可能，因为这一些与那一些我所谓的收藏，丰富了家居生活的悦目和舒适。可是以上的种种理由并不能完全造成我心中对这些东西的看重。之所以如此爱悦着这一批宝贝，实在是因为，当我与它们结缘的时候，每一样东西来历的背后，多多少少躲藏着一个又一个不同的故事。

常常，在夜深人静时，我凝望着一样又一样放在角落或者架子上的装饰，心中所想的却是每一个与物品接触过的人。因为有了人的缘故，这些东西才被生命所接纳，它们，就成了我生命中的印记。当然，生命真正的印记并不可能只在一件物品上，可是那些刻进我思想、行为、气质和谈吐中的过去，并不能完善地表达出来，而且，那也是没有必要向这个世界完全公开的。

在前年开始，为着一些古老的首饰，我恳请吴洪铭将它们拍摄下来。原先，并不存着什么特殊的用意，在我当时的想法里，那些因为缘分而来的东西，终有缘尽而别的时候，我并不会因此而悲伤，因为可以保留照片。又想，照片也终有失散的一天，我也不会更加难过，毕竟——人，我们空空地来，空空地去，尘世间所拥有的一切，都不过转眼成空。我们所能带走的、留下的，除了爱之外，还有什么呢？而，爱的极可贵和崇高，也在这种比较之下，显出了它无与伦比的永恒。

那批拍成的首饰照片，每一个都拥有它自己的来历，故事的背后，当然是世界上最可贵的人。我忍不住将一个一个首饰写成故事，将它们发表在《俏》杂志上，一共连续了七期。后来，因为没有住在台湾，就停写了。

这一回，一九八六年了，为着处理那幢仍在加纳利群岛上的房子，我舍弃了许多存有纪念价值的大件收藏，将它们送给了朋友和邻居。当那三尺高的古老水漏、半人高的非洲鼓、百年前的铁箱、石磨、整套的瓷器杯盘，还有许多许多书画、石头、罗盘、牛犁，以及苦心收集来的老钟、老椅子和老家具跑到另外一个又一个家庭里去的时候，我看见了对方收到这些礼物时的欣喜，也看清楚了那些东西的缘分在那一刻，对我，已经结束。不，我没有悲伤，我很明白这一切的秩序——它们的来和去，都不只是偶然。

可是，在我手边还是拥有一批又一批可贵的东西，吴洪铭说拍吧，我非常高兴地答应了。在那个工作到清晨的时光里，每当洪铭拍摄一件东西，我就很自然地在一旁讲出那样东西的故事。在场的朋友们对我说，既然每一个故事都有它的因缘，为什么不再写出来呢。起先并不想写，因为怕累，可是想到这些东西终究不可能永远是我的——即使陪葬也不可能与我的躯体同化，就算同化了，又有什么意义呢？那么，人是必死的，东西可以传下去，那么，接着这份缘的人，如果知道这些东西的来历——由我才开始写的，不是收藏得更有趣些了吗？如果接缘的人再写下去，那不是更好玩。终有一天，后世的人惊见古迹斑斓，他们会不会再藏下去呢？

就出于这种欢欢喜喜的心情，我拿起了笔，配着照片，开始写下一个一个故事。

原先，是想给这些宝爱的东西分类刊出的，后来想到自己的思绪：在我日常生活的不断思考里，我并不是有系统地、规则地、条律化地在思想，那不可能是我，也不必如此，因为不是就不是。

我喜欢在任何方面都做一个心神活泼的人。对于天女散花这种神话，最中意的也就是——天女将花散得漫天飞舞，她不会将花刻意去撒成一个"寿"字。这不是天女不能，是不为也。

于是，我将我的宝贝们，也以平平常常的心态去处理它们，既然每一个故事都是独立的，每一样东西都有属于它自己的时间和空间，那么，我也不刻意去编排它们，让手边抽到哪一张照片，就去写哪一个故事。毕竟这是一本故事书，不是一本收藏书，硬性的编排，就失去了那份天马行空的趣味。没有趣味的工作，心里不会想去写，又何必勉强自己动笔呢。

很可惜，以前刊载在《俏》杂志上的一批首饰精品，都不能在《皇冠》上重刊了。那些已发表的部分，只有期待出书结集的时候，和有缘的人在书中见面了。

1

十字架

它躺在一个大花搪瓷的脸盆里,上面盖了一大堆彩色的尼龙珠串和发夹,整个的小摊子,除了十字架之外,全是现代的制品,翻到这古旧的花纹和造型,我停住了。然后将它拿出来,在清晨的阳光下琢磨了一会儿,只因它那么的美,动了一丝温柔,轻轻问那个卖东西的印地安女人:

"是你个人的东西吗?"她漠然地点点头,然后用手抓一小块米饭往口里送。十字架的顶端,可以挂的地方,原先扎着一段粗麻绳,好似一向是有人将它挂在墙上的样子。

"你挂在家里的?"我又问,女人又点点头。她说了一个价钱,没法说公不公道,这完全要看买主自定的价值何在。我没有还价,将要的价钱交了出去。

"那我就拿走啦!"我对那个女人说,心底升起了一丝歉疚,毕竟它是一个有着宗教意义的东西,我用钱将它买了下来,总觉对不住原先的主人。

"我会好好地给你保存的。"我说,摊主人没有搭理我,收好了钱,她将被我掏散的那一大堆珠子又用手铺平,起劲地喊起下一个顾客来。

那是在一九八一年的厄瓜多尔高原的小城 Rio Bamba 的清晨市集上。

2

别　针

　　图片中那个特大号的老鹰形状别针看起来和十字架上的彩色石头与铁质是一个模样的。事实上它呈现在我眼前时已是在秘鲁高原接近"失落的迷城"玛丘毕丘附近的一个小村子里了。那个地方一边下着大雨一边出大太阳，开始我是为着去一个泥土做的教堂看印地安人望弥撒的，做完弥撒，外面雨大，躲到泥泞小街的一间店铺去买可乐喝，就在那个挤着牙膏、肥皂、鞋带、毛巾和许多火柴盒的玻璃柜里，排列着这几个别针，这一个的尺寸大如一只烟灰盘，特别引人。老板娘也是一位印地安人，她见我问，就拿了出来，随口说了一个价，我一手握着别针，顺口就给她就地还钱，这一场游戏大约进行了四十五分钟，双方都累了，结果如何买下的也不记得，只想到讨价还价时一共吃了三支很大的玉米棒。是这一只大别针动的心，结果另外三只就也买下了，有趣的是，其中三只都是以鹰作为标记而塑成的。可是鹰的形状每只都不同，只有图中右下第二个，

○ 十字架·别针 ○

是一只手,握着一束花,就因为它不是鹰,在讲价时老板娘非常得理地不肯因为尺寸小而减价。事实上,它们也不可能是银的,但是卖的人一定说是银的,她没有注意到"时间"在这些民俗制品上的可贵,坚持是银的。于是,我也就买了,算做秘鲁之行的纪念。

3

双 鱼

深夜的街道斜斜地往上通,她的摊子有一支蜡烛在风里晃。天冷,地势海拔四千公尺,总是冷的,尤其在夜里。我停下来买一条煎鱼,鱼是煎好的,放在报纸下面,印地安女人很自然地要将鱼放回到油锅内再热给我。看到地上纸盒子里还睡着一个娃娃,不忍她为了我一点小生意再麻烦,再说玻利维亚的首都拉巴斯当时是要戒严的,我催着她要付钱,说冷鱼也很好吃,快卖了给我收收摊子回去吧!那个女人仍然要给我煎,一面下锅一面问我几点了,我告诉她,她起身紧了一紧披风,急着收摊子背娃娃,就在那时候,我发现她的身上、胸口,晃动着两只银色的鱼,是晃动的,好似在游着一般闪闪发光。我忍不住伸手摸了一摸。"你卖不卖这对鱼?"问着自己先脸红了。那女人愣了一下,怕我反悔似的急急地说:"卖的,卖!"唉,我是个讨厌的人,利用了别人小小的贫穷。我们双方都说不出这双银鱼该付多少钱才好,对着微笑,都很不好意思,最后我说了

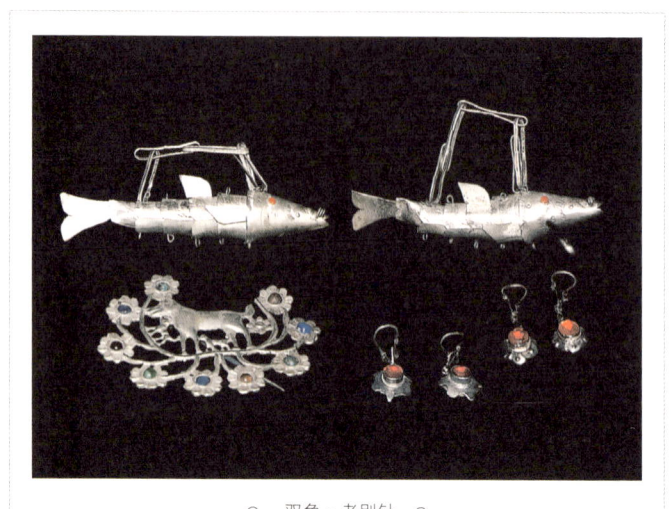

○ 双鱼·老别针 ○

价,问她够不够,她急忙点头怕我要反悔,急着将银鱼从自己身上拿下来。鱼下来了,夜风一吹,吹掉了她没有别针的披风。

"我还有老东西。"她说,要我第二天去街上找她,我去了,第二天晚上,她给了我照片下面的两副红石头的耳环,也是我出的价,她猛点头。拿下了她的家当,有好一阵心里不平安,将耳环用手帕包了又解,解了又包。好几年来,这个女人的身影和她的摊子,还有那个婴儿,一直在我的心里掺杂着一份内疚不能退去。我想,再过几年如果回去拉巴斯,我要将这几样东西送回给那个女人,毕竟,这是她心爱的。

老别针

　　双鱼左下方的一个大别针来源得自一场争执,老妈妈在市场坐着晒太阳织毛袜子,我经过,拍了一张她的照片。老妈妈反应快,去叫着骂人,被骂了,我一直道歉,不敢走,那是在秘鲁的古城"古斯各"火车站前的市场里,她叫我买一双毛袜子做赔偿——照片费。我看那些袜子尺寸都太大了,不肯买,双方都有气,又是笑着骂着气着的,一看她的身上,那个披肩正中用这一只"狗和花环"的老别针扎着,便不吵了,搬了个板凳坐下来与她打商量,坐到太阳都偏西了,我的手上多了一双大毛袜子加这只极美的狗别针。老妈妈是最厉害的一个商人,她很凶,而且会说话,包括别针中间掉了一颗彩石都有理由——不然别人不当它是全新的?掉了一颗才知道是古董。老妈妈会用字,她知道文化人找的是古董,这也是她叫的——叫我文化人。我猜,她是个富人,不至只有这一个老别针的,再说,她要的价格是很高的,可以买一只小羊再编袜子了。

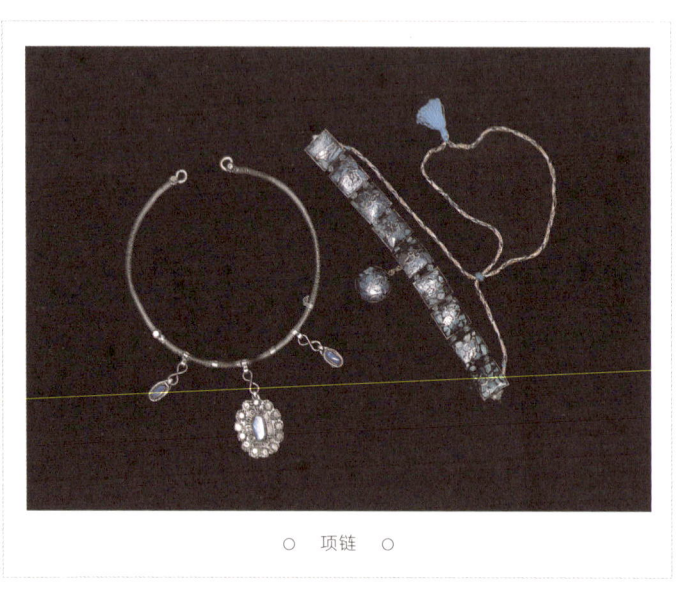

○ 项链 ○

项　链

　　那家店卖台布,中国大陆制造的台布,我进去看,看见了一个盘子,里面放着乱七八糟的一堆破铜烂铁。不经意地翻了两下,手里拎出两串项链来。店员小姐在忙,头也不回地说,是三百块一串,合台币是一百元左右,那种美丽的银光,还有神秘的蓝,一共两百台币。旁边另外一个妇人看见了,也走过来,追问我是不是要了,我怕她买去,急说是要了,眼看被包起来了,才放心地问:"哪里来的?"店里说:"南美吧!"那个吧字,并不确定,是顺口说的。买好了它们,我去了下一条街的古董店,给我的老朋友店主看。店主是个识货的,当他听说了我的价格之后,加了三倍,要我转手,我想了一下,加了二十倍肯卖,双方没有成交。只见那个古董店的朋友匆匆交代了店员小姐两句,就往我说的台布店急急走去。其实,那儿只有这两条是尚好的东西,其他剩的都是不好看的了。得到这两条项链是在十个月前的加纳利群岛的一条大街上。

锁

这种中国的饰物带着"拴命"的意思,孩子生下来给个小锁戴上,那么谁也取不去心肝宝贝的命了。不想它的象征意义戴着还算好玩,稍一多想,就觉得四周全是张牙舞爪小鬼妖魔等着伺机索命。这种时候,万一晚上睡觉时拿下锁来,心里必定发毛。

是去台北光华商场看人家开标卖玉的,这非常有趣,尤其是细看那些专心买物、低声交谈的一桌人,还有冬夜里灯下的玉。

看了好一会儿,没敢下标,传递中的玉又使我联想到"宝玉""黛玉""妙玉""玉色大蝴蝶"……欲欲欲欲……

结果心血来潮在一家店里买下了三个银锁,一个给了心爱的学生印可,两个跟着自己。左边那只锁上方两边转进中间去的地方,勾得尖锐了些,兵器的感觉重;右边那个比较小,可是淳厚。

○ 锁 ○

都没有戴过,无论是锁或是已有的三块玉。将它们放在盆子里,偶尔把玩。其实,是更爱玉的,它们是另一种东西了,那真是不同的。

还是锁住了

之 一

这张图上的手环在右边,环上写着"居家平安",也可以念成"安平家居""平家居安"和"家居安平"。特别喜欢有文字刻着的饰物,更喜欢这只手镯。是作家徐訏先生的女儿尹白送给我的。常常想念这一对父女,尹白现在旧金山,许多年不见了,只是她给的话,总在环上。

又是两个中国锁,紧邻手环旁边那只是作家农妇孙淡宁女士在香港机场挂在我颈上的,锁用红线扎着。几年后线断了。后来西班牙二哥夏米叶去加纳利岛上看我,我叫他用这个锁再穿一串项链出来,那时我的先生已逝,我们坐在黄昏的海滩上穿珠子,轻轻地说着往事和再也听不厌的有关他们兄弟之间的童年琐事。穿穿拆拆弄出了这条锁链,二哥给我戴上,第二天他就坐船走了。这条链子也是不常戴的,可是锁进很多东西,包括穿珠子时落日照耀在大海上的余晖还有我们说过的话。

之 二

在香港的一间古饰店里，看到三串银锁。我看中的那串在现在图片里靠近那串三角形细银链的旁边。

它是锁在一个小柜子里的，想看，店员小姐开了柜子放在我手中，价格也就看清楚了。对我来说，花太多的钱去买一样心爱的东西只为着给自己欣赏，是舍不得的——除非它不贵。可惜它是贵的。但是我口袋里也不是没有钱。

我把玩了一会儿，谢了店内小姐，转去看另一个橱窗，当时便买下了两片彩陶包银片的坠子，就是照片中后来用细银链穿成三角形的那两块小东西。银链是意大利的。

回过来再说这条锁项链，中间刻着"长命百岁"的这串。

买好了小东西，心中仍然牵挂它，想在离去之前再看一眼才走，可是它偏偏不在原来的地方了。当时店内另有两位西方太太，我猜这一转身，锁是被她们买去了。

问店员小姐，她说："卖掉啰！"

当天陪我上街的是两位香港的好朋友，倪匡与金庸的太太。

听到锁卖了，我的脸上大概露出了一丝怅然，虽然并没有打算买的。那时金庸的太太笑出来了，也跟着说："卖掉啰！"

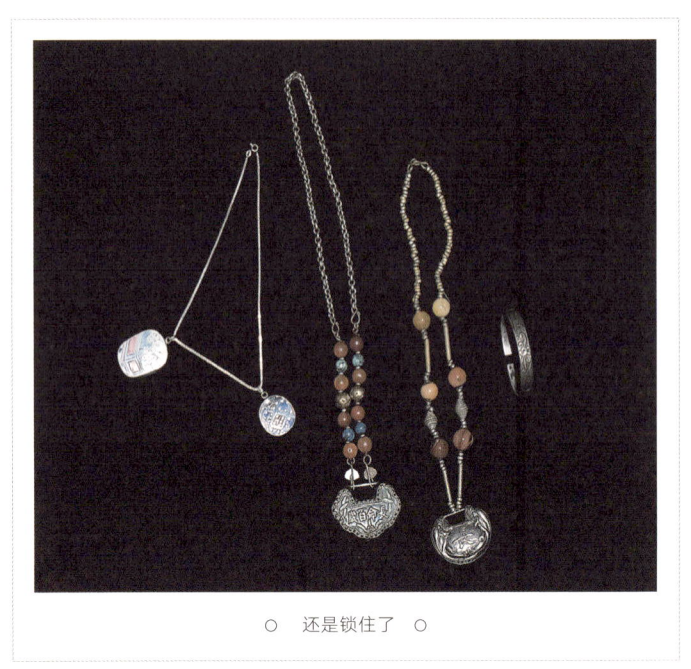

○ 还是锁住了 ○

倪匡太太也在笑,我也不懂。

　　逛街后我回旅馆,下车时 MAY 交给我一个小口袋,回房打开来一看,呀,我看的锁就躺在里面,那一霎的滋味真是复杂。很感激她们对我的友爱,又有些不好意思,可是我真是高兴由这种方式下得来的意外惊喜。

　　以后常常戴它,如果有人问,就说是金庸太太 MAY 用这种法子买给我的,它的里面又加上了其他的含意,十分珍爱它,也常常想念这两位好朋友。

8

秋水伊人

一位中国的伯母,发现我爱老东西,就说她确有一些小玩意儿,大陆带来的,要得翻一下才知道在哪里收着。

没过几天,我得了三个竹刻泛黄的图章盒,上面有山有水有诗词,盒子里,霉出小黑点的软棉纸就包着这四样细银丝卷出来的别针。

图上两片叶子倒也罢了,没有太多感应。左上角是一只停在花枝上的雀,身体是一条细丝绕出来的,左下角是只蝉吧。这两样宝贝,常爱细细慢慢地品味它们,尤其在夜间的聚光灯下。看到夜深花睡时,这几个别针就飞入张爱玲笔下那一个世界中某些女人的衣服上去了——是白流苏的吗?

太精细的东西我是比较不爱的,可是极爱产生它们这种饰物的那个迷人的时代和背景。这两个别针,当是跟墨绿的丝绒旗袍产生关联的,看着它们,不知为何还会听见纱窗外有歌声,慢慢淡淡地流进来——望穿秋水,不见伊人的倩影——

○ 秋水伊人 ○

五更灯

当那一大纸盒的旧锅圆盘加上一个几近焦黑的大茶壶在桃园中正机场海关打开时,检验的那位先生与我都笑个不停。那次的行李里衣服只有三件,有的全是这些脏手的东西。

去了两夜三天的香港,有事去的,时间不够逛街,一面吃着叉烧包一面挤空当过海。什么百货公司都没去,就在那条高高低低石阶的古董街上跑。淘古董的游客也多,太多美丽的老东西——当然有些也是贵的。我爱便宜的老东西,它们不会因价格而不美,这完全见仁见智。

回台已是夜间了,父亲找出擦铜油来,恰好那日吴璧人妹妹也来家里,于是我们对着一堆焦黑的东西,用力擦啊!一面擦一面笑,说着:"当心!当心!别擦太亮了。"

擦出一盏灯来,母亲一看,说:"呀!是个五更灯嘛!"

我以为她说"五斤灯",顺口说:"哪有那么重,有五斤吗?"

○ 五更灯 ○

这个灯下面的小门打开来,里面一个极小的铜油灯可以点着,油灯上面有一个浅凹的盘子放在中间,上面才是罩子。母亲说,当年外婆在宁波熬名贵的药材,就是用这种铜器,放在凹形的盆内小小一碗,要慢火熬到五更天,才能喝下去,因此得了个好听的名字。

我后来搬出母亲家,一个人在台北住一间小公寓,夜谈的好友来了,就点油灯,一谈给它谈到五更天,的确不负此灯。

这个灯,是七块港纸买下的,宝贝得很厉害,"无价"之宝。

○　林妹妹的裙子　○

10

林妹妹的裙子

这两条裙子,是我收藏中国东西的开始。

有一年,回到台湾来,父亲老说我的衣服不够,每天都催人上街去买新衣服。

对于穿着,并不是不喜欢,相反地,就因为太喜欢了,反而十分固执地挑选那种自然风味的打扮。这么一来,橱窗里流行的服饰全都不合心意——它们那么正式,应该属于上班族的。那种,兵器很重的防御味道,穿上了,叫人一看,十步之外,就会止步而且肃然起敬的。

我喜欢穿着的布料偏向棉织或麻织品,裙子不能短,下幅宽一些,一步一跨的,走起来都能生风。那种长裙,无论冬天配马靴或夏天穿凉鞋,都能适合。至于旗袍、窄裙,大概一辈子都不会去买——它使我的步子迈不开,细细碎碎地走路,怪拘束的。

就因为买衣服不容易,逛来逛去,干脆不再看衣店,直接跑到光华市场去看旧书。

就在旧书市场的二楼，一家门面小小的古董店里，先看见了照片中那条桃红色的古裙。

我请店家把裙子取下来——当时它挂在墙上被一片大玻璃框嵌着——拿在手中细细看了一下那个手工，心里不知怎的浮出一份神秘的爱悦。时光倒流到那个古老的社会，再流进《红楼梦》里的大观园去。看见林妹妹黛玉穿着这条裙子，正在临风涕泣，紫鹃拿了一个披风要给她披上，见她哭得那个样子，心里直怪宝玉偏又怄她。

想着想着，我把这条裙子往身上一紧，那份古雅衬着一双凉鞋，竟然很配——这是林妹妹成全我，并不小器。她要我买下来，于是，我把它穿回家去了。

这种裙子，事实上是一条外裙，长到小腿下面。过去的小姐们，在这裙子下面又穿一条更长的可以盖住脚的，这种式样，我们在平剧里还可以看见。《红楼梦》的人物画片里也是如此的。

当我把这条桃红色的古裙当成衣服穿的时候，那个夏天过得特别新鲜。穿在欧洲的大街上时，总有女人把我拦下来，要细看这裙子的手工。每当有人要看我的裙子，我就得意，如果有人问我哪里可以买到，我就说："这是中国一位姓林的小姐送的，不好买哦！"

说不好买，结果又给碰到了另一条。

这一回，林妹妹已经死了，宝玉出家去，薛宝钗这位做人周全的好妇人，把她一条裙子陪给了袭人，叫她千万不必为宝玉守什么，出嫁去吧。当袭人终于嫁给了蒋玉涵之后，有一回晒衣服，发现这条旧裙子，发了一回呆，又给默默地收放到衣箱里去。

许多年过去了，这条裙子被流到民间去，又等了很多年，落到我的家里来。

每年夏天，我总是穿着这两条裙子，大街小巷地去走，同时幻想着以上的故事。今年夏天，又要再穿它们了，想想自己的性格，有几分是黛玉又有几分是宝钗呢？想来想去，史湘云怎么不见了，她的裙子，该是什么颜色呢？

湘云爱做小子打扮，那么下一回，古董店里的男式衣服，给它买一件，梦中穿了去哄老太太贾母，装做宝玉吧。

○ 煲 ○

11

煲

这是一句西方的谚语，说得真好——闪烁的并不一定是金子。它是铜的。

看这个用手敲出来的铜锅造型有多美，盖子那么饱满浑圆，摸上去还有细微的凹凸。找到它的时候，它被丢在香港古董街的墙角边，乱丢的，锅底锅盖一团黑，里面不知炖了几十年的好菜，等到铝锅上市了，主人家才弃了它，将它当破烂给卖了。

也是擦出来的光辉，细细擦，将岁月擦回去，只一瓶擦铜油，时光倒流在我手上，告诉了我许多只有灶神娘娘才知道的秘密。

用它来煮了一次霉干菜扣肉，毕竟舍不得，就给搁在架子上了。真铜与镀铜的光泽是绝对不相同的，这只锅——沉潜。

○ 十三只龙虾和伊底斯 ○

12

十三只龙虾和伊底斯

许多许多年以前,有一个人,是北非撒哈拉沙漠的居民,他的名字叫做伊底斯。

当年的伊底斯常常到我们家来,向我的先生借用潜水器材,他借去了潜水的东西之后,总要消失十多天才回镇上来。后来我们听人说起才知道伊底斯去了西属沙漠的海岸,用空气瓶下海捉龙虾,然后卖给在沿岸打鱼的西班牙渔船,每去一次,可以赚一个月的生活费回来。

我的先生一向坚决反对背着空气瓶下海打鱼或捉任何生物,总是说,肺潜是合法的,一口气潜下去一趟,打不着也算了,如果在水中带着空气瓶,好整以暇地在水里打猎,如果人人这么做,海洋的生物便受不到保护,再说,龙虾是一种生长缓慢而又稀少的高贵珍宝,像伊底斯那种捉法,每次好几麻袋,的确是太过了,包括尺寸很小的龙虾也是不放过的。

后来伊底斯再来家借器材,就借不到了。我跟他说,我们打鱼是用肺潜的，龙虾绝对不去捉，这在当时的西属撒哈拉，就跟野羚羊不许射猎一样，是为着保护稀少动物所定的法律。

伊底斯趁着我先生不在家，又来借器材，说他有家小要养，这次只打大群的红鱼，保证不去捉龙虾了。

我又借给了他，说好是最后一次，借了之后心虚得厉害，瞒着先生，怕他知晓了要怪责。

没过几日，伊底斯来还东西，同时交给我一个口袋，打开来一看，竟是一堆龙虾——送我的。"那么小！"我抬起头来问他，他很无奈地说："大的早打光了，就算小也请你收下吧。"就是因为那么幼小的也给打上来，才引得我发怒的，而伊底斯却误会了我们，以为当初没有送龙虾所以借口不再借器材，又误会我是想得些大号的龙虾。他用手指了指，又说就算小尺寸也一共有十三只。

那天我不肯拿他的礼物，一定不要，伊底斯走的时候彼此都受了窘，以后他就不来家里了。

等到沙漠政情有了变化，我立即要离开沙漠的那几日，伊底斯突然来了，交给我扎紧的一个小纸包，一定要我收下当纪念品，说里面是他最珍爱的东西。我问是什么，他说是两块石头。我双手接下了小包，他急着要走，我们握握手就散了。记得我当时问他以后的路，他说："去打游击。"

等到真正发觉伊底斯送我的是两块什么样的所谓石头时，他已上吉普车远走了，兵荒马乱的当时，无法再找到他。

我认识，这两块磨光的黑石，是石器时代人类最初制造的工具，当时的人用棍子和藤条夹住这尖硬的石块，就是他们的刀斧或者矛的尖端。

总听说，在沙漠某些神秘的洞穴里仍然可以挖出这样的东西来，只是听说而已，人们从来没有找到过，起码在我的撒哈拉威朋友里，没有一个人。认识这种石块，是因为在一本述说石器时代的书本上看过同样的图片。

一直带着这两块东西，深夜里把玩的当时，总会看见石器时代的人群，活活的人群，在我眼前的大平原上呼啸而过，追逐着洪荒怪兽，他们手中举着的矛，在烈日荒原下闪闪发光。

这两块石片里，浸过兽血和人汗，摸上去，却是冰凉的。

13

守财奴

这照片中的零零碎碎,只是收藏的小部分而已。大件的,例如非洲鼓、大木架石水漏、粗陶、大件石像、十八世纪的衣箱、腓尼基人沉船中捞起的巨型水瓶、游牧民族的手织大地毯……都存在加纳利群岛一间锁着的空房子里。

其实,这几年已经不很看重这些东西了,或说,仍是看重的,只是占有它们的欲望越来越淡了。

没有人能真正地拥有什么,让美丽的东西属于它自己吧,事实上它本来就是如此。

《红楼梦》的《好了歌》说得多么真切:终朝只恨聚无多,及到多时眼闭了。一般人不喜欢听真切的话,所以最不爱听《好了歌》。把玩这些美物的时候,常常觉得自己是一个守财奴,好了好了地在灯下不肯闭眼。

○ 守财奴 ○

○ 仅存的三个石像 ○

14

仅存的三个石像

为了这张图片,前两天去了一趟洛杉矶中国城,站在书店翻看了一本《撒哈拉的故事》,在那本书《白手成家》一篇中明明记录了石像如何到我手中的来龙去脉,因为略说不足,就提起了这本书,不再在此叙述了。

当初得到时一共是五个,其中一个送给了一位通讯社的记者,另一个给了我的堂嫂沈曼,她在维也纳。

这种石像,光凭视觉是不够的,得远视,得近观,然后拿在手里,用触觉,用手指,慢慢品味线条优美的起伏,以及只有皮肤才能感觉出来的细微石块凹凸。

这三个石像,不能言传,只有自己用心体会。

深色鸟的眼睛比较死板了些,却板得不够拙,可是就线条来讲,在我,是摸不厌它们的。

还是说:是一个别人视为疯子的老人,在沙漠里的坟场中刻的,被我分了五个回来。

○ 大地之母 ○

15

大地之母

人说，大地是一个丰沃的女人，没有人真正见过她，踏着泥土的农人深信地上的收获是她所赐予的礼物；也是每一个农家又敬又爱的神祇。

当然，那是在早远时代的玻利维亚了。

又说，将大地之母的石像找一个风和日丽的好天气，不给邻人看见，悄悄地埋在自家的田地里，那么这一年，无论田宅、家畜和人，都将得到兴旺和平安。

每当大地之母生辰的那一日，也得悄悄地将母亲自土里面请出来，用香油浇灌，以祈祷感谢的字句赞美她，然后仍旧深埋土中，等待第二年生辰的时候才再膜拜了。

我喜欢这个故事。

那些玻利维亚的小摊子沿着斜街一路迤逦下去，有的是商品，做游客生意的，有的不能叫游客土产，大半是女人翻出来的旧"家当"；少数几样，没精打采地等着游人看中了哪一样旧货可以得些小钱。

整个城里走遍了,就那一个胖女人有一块灰石头放在脚边,油渍加上泥土,一看便知是挖出来的大地之母。

"怎么把妈妈拿出来卖了呢?"我笑问她。

"啊,没办法!"她摊开手掌,做出一个十分豁达的表情,安安然的——想必没有田产了。

我也没有田产,可是要她——一切的母亲。

很重的一块石头,大地之母的脸在正中,颚下刻着她的丈夫,另一面又有人脸,说是儿子与女儿,盘在右上角一条蛇,顶在大地之母上的是一只羊头。

交缠的花纹里透着无限神秘与丰沃。

回台后一直没有土地,放在书架的下面,算是大地的住所,忘了问生辰在哪月哪日,好用香油膏一膏她。

16

牛羊成群

我猜,在很古早的农业社会里,人们将最心爱或认为极美的东西,都在闲暇时用石头刻了出来。

第一图那块四方的石头,细看之下,房舍在中间,左右两边是一排排的羊,最中间一口井,羊群的背后,还刻着牧羊犬,照片中是看不出来了。

方石块右方两组石刻,也是羊群,它们刻得更早些,石块的颜色不同。

第二图也是单只和双组的牛羊,在艺术上来说,单的几个线条之完美,以我个人鉴赏的标准来说,是极品。看痴了觉得它们在呼吸。

并不是摊子上买的,是坐长途车,经过小村小镇去采集得来的东西。

○ 牛羊成群·织布 ○

问过印地安人，这些石刻早先是做什么用的，人说，是向大神祈祷时放在神前作为活家畜的象征，那么以后这些牛羊便会生养众多了。

17

织　布

照片背景用的是一块手织的布,南美印地安人的老布,染料来自天然的矿粉和植物。织得紧密,花纹细繁,机器再也弄不出来的。人说,要织半年八个月,才得这么一块好东西。

得了这块布以后,也不敢拿它来做背心,只在深夜里捧出来摸摸看看,幻想长辫子黑眼珠的印地安女子织了它本是做嫁妆的,好叫人知道,娶过来的新娘不但美丽还有一身好手艺,是一个值得的姑娘。

○ 不打双头蛇 ○

18

不打双头蛇

那家店不算大，隐藏在闹街的一个角落里。是看了那面镂花的铁门而停住了脚步的，店内阴凉而幽暗，一些大件的老家具、塑雕和油画静静地发着深远安静的光芒。一张女人的画像尺寸不大，眼神跟着看她的人动，无论去到哪一个角落，她总是微笑着盯着人。那张画买不起，却来来回回去了三次——看她。就这么跟店主做了朋友，好几个黄昏，听他讲犹太人的流浪还有那些死在集中营里的家人，讲到他劫后余生的太太又如何在几年前被癌细胞吞噬——那些店主本身的故事。

最后一次去店里，店主拿出了几串项链来，要我挑，我不好再问价格，犹豫地不好决定，这时候，对于下方有着一个圆环的那串其实一看就喜欢了。是一条双头蛇，头对着头绕着，这使我想起小时候课本上念的孙叔敖打双头蛇的故事。

"送给你好吗？"店主说。我笑着摇摇头。

"那么卖给你，算五百块两条。"五百块等于台币一百三十多块。我收下了，付了钱，跟店主对视着笑了笑，向他说了感谢。

很少用这两条项链，可是当我把玩它们的时候，总好似又置身在那间黄昏幽暗的店堂，那幅画上的女人微笑着盯住我，那个店主在说："我们从阿根廷又来到这加纳利群岛，开了这家店，生活总算安定下来了，而我太太，在这时候病倒下来，她的床前就挂着这幅女人的画，你知道，画中的人，看着我太太一日一日瘦下去，直到咽气……"

当我摸弄着双头蛇的时候，耳边又响起那个秃头店主的声音："好好保存这条蛇，它会给你带来好运的！"

19

闪烁的并不是金子

图中那一堆金子都是假的，除了手上的戒指之外。

几年前，我有一个邻居，在加纳利群岛，她的丈夫据说是德国的一个建筑商，生意失败之后远走南美，再没有消息。太太和两个儿子搬来了岛上，从慕尼黑来的。这家人仍然开着朋驰牌轿车，他们的小孩，用汽水打仗——在铺着华丽的波斯地毯上。说是房租学费都付不出了，可是那家的太太总在美容院修指甲做头发，一家三口也老是在外面吃饭。

有一天那家的太太急匆匆地跑到我的家来，硬要把一张波斯地毯卖给我，我跟她说没有能力买那么贵的东西，她流着泪走了。

不久，南美那边汇来一笔钱，这位太太拿它去买了许多鞋子、衣服还有两副金耳环，跑来给我看。那一阵她活得很自弃，也浪费。

过没多久的一个深夜里，她的汽车在海边失火了，许多邻

○ 闪烁的并不是金子 ○

人去救火，仍然烧成了一副骨架，烧的当时，邻居太太拿了照相机在拍，同时大声地骂。过不久，又看见她在餐馆喝酒，脸上笑笑的，身旁坐了一个浪荡子。传说，她在德国领了汽车保险赔偿。我一直不懂，为什么车子失火的那个晚上，一向停车房的汽车会开到海边去，而且火是由后座烧起来的。

当这位太太再来我家的时候，她手中拿着这几副闪着金光的东西，好看，极美的首饰，但那是镀金的。一看就知道是印度的东西。那时候，她说她连吃饭的钱也没有了。

我很不情愿地买下了她的三个手镯和一条项链，所费不多。没想到过了一个星期，她再来看我时，脚上多了一双黑底嵌金丝的高跟鞋，问我新鞋好不好看，然后又说她的孩子要饿死了。

后来，我不再理她了，过不久，她去了南美找她的先生。深夜里走的，房租欠了一年没有付。

又过了一个耶诞节，接到一封信，信中照片中的女人居然是那个芳邻，她站在一个木屋前，双手举在头上，很风骚地笑着。

总算对我是有感情的，万水千山寄了封信来。我保存了这几样属于这个德国女子的东西，一直到现在。

图中的戒指，是我自己的一个纪念品，与其他几件无关了。

○ 二十九颗彩石 ○

20

二十九颗彩石

　　一共是二十九颗彩色的石头,凑成了这条项链跟两副手镯。它们是锡做的,拿在手里相当轻,那一次一口气买了大约十多样,分送国内的朋友。它们没有什么特别的故事,得来却也并不容易。

　　在一堆杂乱货品的印度店里搜来的,地点在香港的街上。

21

红心是我的

一直到现在,都不知道这种石头是用什么东西染出来的。如同海棠叶大小的平底小盘里躺着的都是心。

那个不说话的男人蹲在地上,只卖这些。

世上售卖心形的首饰店很多,纯金、纯银、镀金和铜的。可是这个人的一盘心特别鼓,专注地去看,它们好似一蹦一蹦带着节奏跳动,只怕再看下去,连怦怦的声音都要听出来了。

我蹲在地上慢慢翻,卖的人也不理会,过一会儿干脆又将头靠在墙角上懒懒地睡了。

那盘待售的石心,颜色七彩缤纷,凑在一起等于一个调色盘。很想要全部,几十个,拿来放在手中把玩——玩心,这多么有趣也多么可怕。

后来那个人醒了,猜他正吸了大麻,在别个世界遨游。我说减半价就拿十个,他说:"心哪里可以减价的,要十个心放在哪里?"我说可以送人,他说:"你将这么重要的东西拿去送人,自己活不活?"我说可以留一个给自己,他说:"自己居然还留一个?!那么送掉的心就算是假的,不叫真心了。"

"你到底是卖还是不卖呀!"我轻轻笑了起来。

"这个,你买去,刻得饱满、染得最红的一颗,不要还价,是你的了。"

那颗心不在盘子里,是从身体中掏出来的。外面套的袍子是非洲的,里面穿的是件一般男子衬衫,他从左边衬衫口袋里掏出来的一颗。

"嗳!"我笑了。

配了一条铁灰链子,很少挂它,出门的时候,总放在前胸左边口袋里。

○ 红心是我的·本来是一双的·手上的光环 ○

22

本来是一双的

那是银制的脚环，戴在双脚踝上，走起路来如果不当心轻轻碰了脚跟，就会有叮一下的声音响出来。

当然，光脚戴着它们比较突出，原先也不是给穿鞋子的人用的。最好也不要走在柏油路上，更不把戴着它的脚踝斜放在现代人的沙发或地毯上（波斯地毯就可以）。

这个故事——脚环的故事，写过了，在《哭泣的骆驼》里。

这几年怀着它们一同经过了一些小小的变化和沧桑，怎么掉了一只的也不明白，总而言之，它现在不是一对了。

23

手上的光环

　　它们一共是三只手环,第一年的结婚日,得了一只,是下图上单独平躺的那只。尺寸小,合我的手腕,不是店里的东西,是在撒哈拉沙漠一个又一个帐篷里去问着,有人肯让出来才买下来的。

　　很爱它,特别爱它,沉甸甸地拿在手中觉得安全。后来,我跟我的先生说,以后每年都找一个给我好不好。可是这很难买到,因为这些古老的东西已经没有人做了。第二年的结婚纪念我又得了一个,第三年再一个,不过它们尺寸大了些,是很辛苦找来的。于是我总是将大的两只先套进手腕中去,最外面才扣那只小的,这样三只一串都不会滑落。

　　在撒哈拉沙漠一共三年,就走了。

24

心爱的

它叫"布各德特"("特"的尾音发得几乎听不见,只是轻微地顿一顿而已)——在阿拉伯哈撒尼亚语中的名称。

不是每一个沙漠女人都有的,一旦有了,也是传家的宝贝,大概一生都挂在胸前只等死了才被家族拿去给了女儿或媳妇。

那时候,我的思想和现在不大相同,极喜欢拥有许多东西,有形的,无形的,都贪得不肯明白的。

一九七三年我知道要结婚了,很想要一个"布各德特"挂在颈上,如同那些沙漠里成熟的女人一样。很想要,天天在小镇的铺子里探问,可是没有人拿这种东西当土产去卖。

邻居的沙漠女人有两三个人就有,她们让我试着挂,怎么样普通的女人,一挂上"布各德特",气氛立即不同了,是一种魔术,奇幻的美里面,藏着灵魂。

结婚的当天,正午尚在刮着狂风沙,我听见有声音轻轻地叩着木门,打开门时,天地玄黄的热沙雾里,站着一个蒙了全

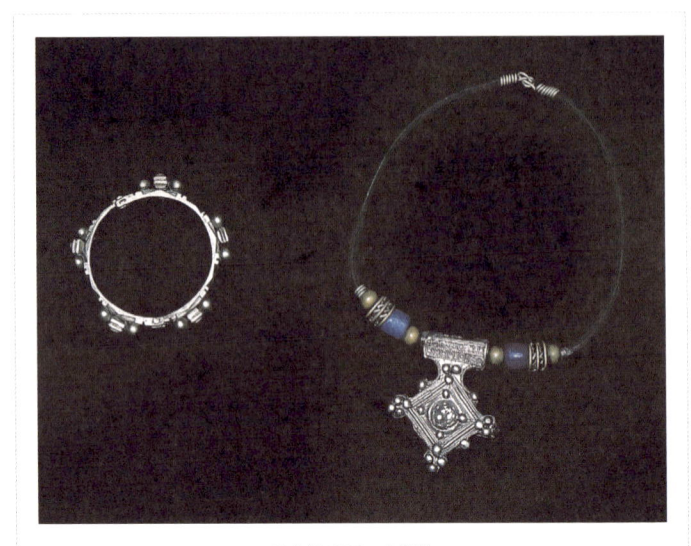

○ 手上的光环·心爱的 ○

身黑布头的女人。那样的狂风沙里不可能张口说话。我不认识那个陌生女子，拉着她进小屋来，砰一下关上了门，可是那个灰扑扑的女人不肯拿掉蒙脸的布，这种习惯，在女人对女人的沙漠中早已没有了。

也不说话，张开手掌，里面躺着一团泥巴似的东西。她伸出四个手指，我明白她要卖给我四百西币，细看之下——那是一个"布各德特"。

虽然是很脏很脏的"布各德特"，可是它是如假包换的"布各德特"。

"你确定不要了?"我拉住她的手轻轻地问。

她很坚定地摇摇头,眼神里没有故事。

"谁告诉你我在找它?"

她又摇摇头,不答话。

我拿了四百块钱给她,她握着钱,开门走了,走时风刮进来细细的一室黄尘。我又快乐又觉歉然,好似抢了人家的东西的那种滋味。

不及细想这一切,快步跑去水桶里,用牙刷细细地清洗这块宝物,急着洗,它有油垢有泥沙,可见是戴了多年的。我小心地洗,不要将它洗得太银白,又不能带脏,最后洗出了一块带着些微古斑灰银的牌子。

然后找出了干羊肠线,穿过去,挂在颈上,摸来摸去都不敢相信那是真的。

结婚当天下午,我用了它,颈上唯一的饰物。

许多年来,我挂着它,挂断了两次线,我的先生又去买了些小珠子和铜片,再穿了一次,成为今天照片里的样子。

一直带着它天涯海角地走,它是所有首饰中最心爱的一个。将来死了,要传给哪一个人呢?

25

刻进去的生命

有一年,我从欧洲回到台湾去,要去三个月,结果两个月满了母亲就要赶我走,说留下丈夫一个人在远方太寂寞了。

我先生没有说他寂寞,当他再见我的时候。

小小的房子里,做了好多格书架,一只细细木条编的鸟笼,许多新栽的盆景,洗得发亮的地,还有新铺的屋顶,全是我回台后家里多出来的东西。然后,发现了墙上的铜盘。

如果细细去找,可以发现上面有字,有人的名字,有潜水训练班的名字,有船上的锚,有潜水用的蛙鞋,还有一条海豚。

这是去五金店买铜片,放在一边。再去木材店买木材,在木板上用刀细心刻出凹凸的鱼啦锚啦名字啦蛙鞋啦等等东西,成为一个模子。然后将铜片放在刻好的木块上,轻轻敲打,轻轻地敲上几千下,不能太重也不能太轻,浮塑便出来了,将铜片割成圆的,成了盘子。

我爱这两块牌子——一个不太说话的男人在盘子上诉尽了

○ 刻进去的生命 ○

他的爱情，对海的还有对人的。

我猜，当我不在先生身边的时候，他是寂寞的。

○ 痴心石 ○

26

痴心石

许多年前,当我还是一个十三岁的少年时,看见街上有人因为要盖房子而挖树,很心疼那棵树的死亡,就站在路边呆呆地看。树倒下的那一霎间,同时在观望的人群发出了一阵欢呼,好似做了一件值得庆祝的事情一般。

树太大了,不好整棵地运走,于是工地的人拿出了锯子,把树分解。就在那个时候,我鼓足勇气,向人开口,很不好意思地问,可不可以把那个剩下的树根送给我。那个主人笑看了我一眼,说:"只要你拿得动,就拿去好了。"我说我拿不动,可是拖得动。

就在又拖又拉又捐又停的情形下,一个死爱面子又极羞涩的小女孩,当街穿过众人的注视,把那个树根弄到家里去。

父母看见当时发育不良的我,拖回来那么一个大树根,不但没有嘲笑和责备,反而帮忙清洗、晒干,然后将它搬到我的睡房中去。

以后的很多年，我捡过许多奇奇怪怪的东西回家，父母并不嫌烦，反而特别看重那批不值钱但是对我有意义的东西。他们自我小时候，就无可奈何地接纳了这一个女儿，这一个有时被亲戚叫成"怪人"的孩子。

我的父母并不明白也不欣赏我的怪癖，可是他们包涵。我也并不想父母能够了解我对于美这种主观事物的看法，只要他们不干涉，我就心安。

许多年过去了，父女分别了二十年的一九八六年，我和父母之间，仍然很少一同欣赏同样的事情，他们有他们的天地，我，埋首在中国书籍里。我以为，父母仍是不了解我的——那也算了，只要彼此有爱，就不必再去重评他们。

就在前一个星期，小弟跟我说第二天的日子是假期，问我是不是跟了父母和小弟全家去海边。听见说的是海边而不是公园，就高兴地答应了。结果那天晚上又去看书，看到天亮才睡去。全家人在次日早晨等着我起床一直等到十一点，母亲不得已叫醒我，又怕我不跟去会失望，又怕叫醒了我要丧失睡眠，总之，她很艰难。半醒了，只挥一下手，说："不去。"就不理人翻身再睡，醒来发觉，父亲留了条子，叮咛我一个人也得吃饭。

父母不在家，我中午起床，奔回不远处自己的小房子去打扫落花残叶，弄到下午五点多钟才再回父母家中去。

妈妈迎了上来，责我怎么不吃中饭，我问爸爸在哪里，妈妈说："嗳，在阳台水池里替你洗东西呢。"我拉开纱门跑出去喊爸爸,他应了一声,也不回头,用一个刷子在刷什么,刷得好用力的。过了一会儿,爸爸又在厨房里找毛巾,说要擦干什么的,他要我去客厅等着,先不给看。一会儿,爸爸出来了,妈妈出来了,两老手中捧着的就是照片里的那两块石头。

爸爸说:"你看,我给你的这一块,上面不但有纹路,石头顶上还有一抹淡红,你觉得怎么样?"妈妈说:"弯着腰好几个钟头,丢丢拣拣,才得了一个石球,你看它有多圆!"

我注视着这两块石头,眼前立即看见年迈的父母弯着腰、佝着背,在海边的大风里辛苦翻石头的画面。

"你不是以前喜欢画石头吗?我们知道你没有时间去捡,就代你去了,你看看可不可以画?"妈妈说着。我只是看着比我还要瘦的爸爸发呆又发呆。一时里,我想骂他们太痴心,可是开不了口,只怕一讲话声音马上哽住。

这两块最最朴素的石头没有任何颜色可以配得上它们,是父母在今生送给我最深最广的礼物,我相信,父母的爱——一生一世的爱,都藏在这两块不说话的石头里给了我。父母和女儿之间,终于在这一霎间,在性灵上,做了一次最完整的结合。

我将那两块石头放在客厅里,跟在妈妈身后进了厨房,然后,三个人一起用饭,饭后爸爸看的"电视新闻"开始了,妈妈在打电话。我回到父母家也是属于我的小房间里去,赫然发现,父亲将这两块石头,就移放在我的一部书籍上,那套书,正是庚辰本《脂砚斋重评石头记》。

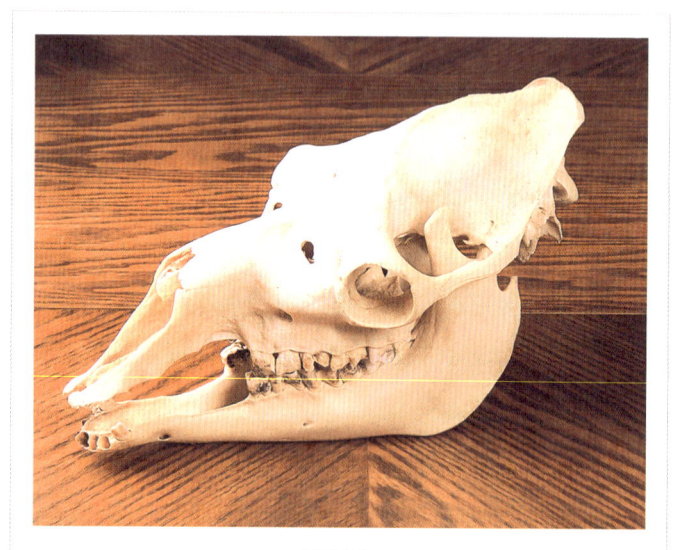

○ 结婚礼物 ○

27

结婚礼物

那时候,我们没有房,没有车,没有床架,没有衣柜,没有瓦斯,没有家具,没有水,没有电,没有吃的,没有穿的,甚而没有一件新娘的嫁衣和一朵鲜花。

而我们要结婚。

结婚被法院安排在下午六点钟。白天的日子,我当日要嫁的荷西,也没有请假,他照常上班。我特为来回走了好多次两公里的路,多买了几桶水,当心地放在浴缸里存着——因为要庆祝。

为着来来回回地在沙漠中提水,那日累得不堪,在婚礼之前,竟然倒在席子上睡着了。

接近黄昏的时候,荷西敲门敲得好似打鼓一样,我惊跳起来去开门,头上还都是发卷。

没有想到荷西手中捧着一个大纸盒,看见他那焕发又深情的眼睛,我就开始猜,猜盒子里有什么东西藏着,一面猜一面就上去抢,叫喊着:"是不是鲜花?"

这句话显然刺伤了荷西,也使体贴的他因而自责,是一件明明办不到的东西——在沙漠里,而我竟然那么俗气地盼望着在婚礼上手中可以有一把花。

打开盒子来一看的时候,我的尖叫又尖叫,如同一个孩子一般喜悦了荷西的心。

是一副完整的骆驼头骨,说多吓人有多吓人,可是真心诚意地爱上了它,并不是做假去取悦那个新郎的。真的很喜欢、很喜欢这份礼物。荷西说,在沙漠里都快走死、烤死了,才得来这副完全的,我放下头骨,将手放在他肩上,给了他轻轻一吻。那一霎间,我们没有想到一切的缺乏,我们只想到再过一小时,就要成为结发夫妻,那种幸福的心情,使得两个人同时眼眶发热。

荷西在婚后的第六年离开了这个世界,走得突然,我们来不及告别。这样也好,因为我们永远不告别。

这副头骨,就是死,也不给人的,就请它陪着我,在奔向彼岸的时候,一同去赴一个久等了的约会吧。

28

笼子里的小丑

很多朋友看见我专收瓷脸做成的娃娃,总是不喜欢。他们说:"阴气那么重,看上去好似有灵魂躲在里面一样,根本不可爱,看了就是怕的感觉。"

真的,布脸娃娃是比较可亲的,可是瓷脸人偶的那份灵气,在布娃娃身上是找不到的。虽然我也觉得瓷脸人偶的表情甚而接近戏剧,那份怕的感觉我也有过联想,可是偏偏去收集它们。一共有三十八个。

这一个瓷人精品,有一位女朋友忍痛割爱给我的,她是一位画家,我们专爱这种尖锐美的面具、人形,放在房中小孩子来了都不肯近门,我知道孩子们不喜欢那种第六感。

瓷人放在台湾的家中很久,没有一个角落配得上它,因为它太冷。我只好把它放在盒子里了。

好几年以后,去了一趟竹山,在那一家又一家艺品店中,看来看去都没有合意的东西。虽然竹子不俗,可是竹子做出来

○ 笼子里的小丑 ○

的手工艺总是透着一点匠气,是设计上的问题,和竹子本身无关的。

　　就在一个极不显眼的角落里,看见了一个朱红的鸟笼,我立刻喜欢上了那份颜色和线条,也不还价,提了它就走。事实上,我不爱什么动物,除了马和流浪的野狗之外,其他的动物都不太喜欢，也只是个养植物的人。

回到台湾来的日子，总是挤着过，悠闲的生活在这儿没有可能。在这儿，忍受被打扰的滋味就好似上了枷锁的人一样，只活在每天的记事簿上，就怕忘了哪天给了人什么承诺。有一次拒绝了别人的要求，对方在电话里很无礼地嘲讽了我几句，啪一下挂了。

并没有因此不快，偏偏灵感突然而来，翻出盒子里的瓷人——那个小丑，拿出鸟笼，打开门，把这个"我"硬给塞进笼子里去。姿势是挣扎的，一半在笼内，一半在笼外。关进了小丑，心里说不出有多么畅快——叫它替我去受罪。

"你怎么把人放在笼子里呢？快快拿出来，看了怕死了。"我的一个朋友进了我家就喊起来。

我不拿。

"风水不好，难怪你老是生病。"又说。

我还是不拿。

以后许多人问过我这小丑的事情，我对他们说："难道——你，你的一生，就不是生活在笼子里吗？偶尔半个身子爬了出来，还算幸运的呢。"

心里本来没有感触的人，听了这句话，都会一愣，接着而来的表情，就露出了辛酸。

这样偶尔的整人，成了我生活中一种不算恶意的玩笑。看了这张照片的——你，你在笼子里的什么地方呢？

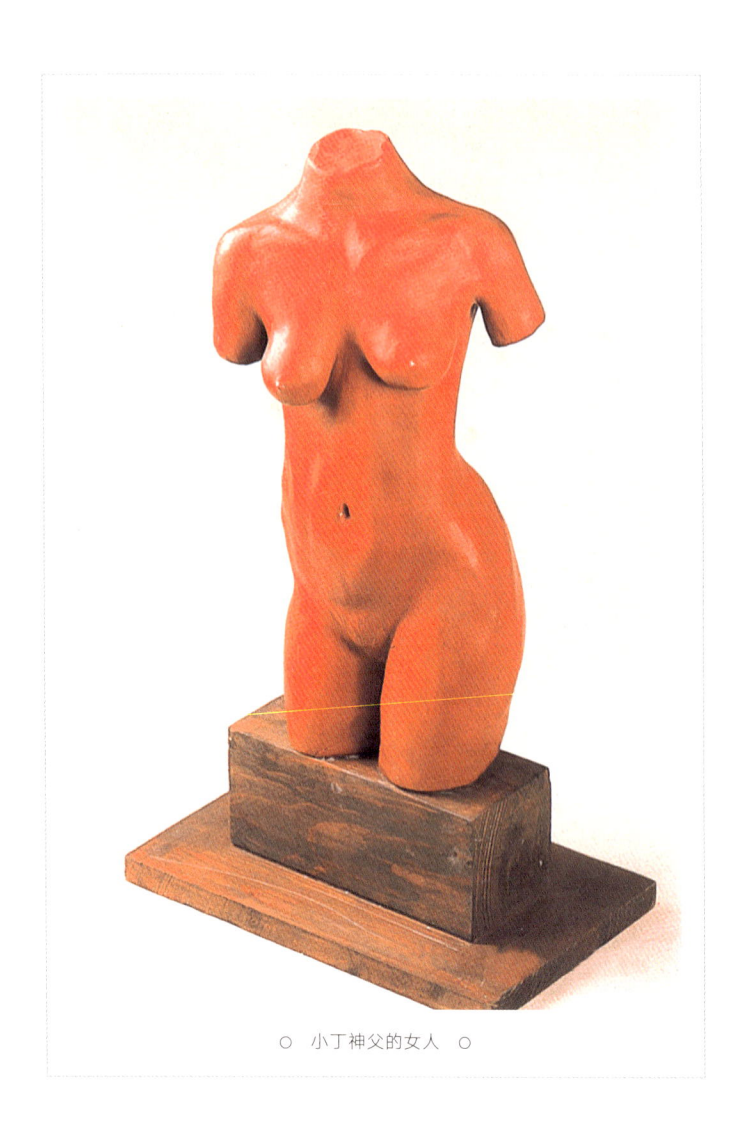

○ 小丁神父的女人 ○

29

小丁神父的女人

我的好朋友丁松青神父和我之间是无话不谈的。我什么都跟他讲。

在台湾，保存我秘密最多的人，大概就算他了。他是神父，我对他讲话，算做告解的一种，他必须为我保密的。其实说来也不是什么了不起的大事，不过一些红尘心事而已。偶尔见面一次，讲个够，就再见。这一再见，可以三五月不通消息，一年半载都不见了。

照片上的女人——裸女，是神父在《刹那时光》那本书中的生活背景下做出来的雕塑。那时，他——我喊他巴瑞，正在美国加州圣地亚哥大学念艺术。课堂中他必须要学雕塑和油画。

等到巴瑞学成归来——他的第二故乡台湾时，我们见过一次面，他拿出许多作品的照片给我看，其中一座圣母马利亚的塑像被他做得纯净极了，我一直怪他不把实品带回台湾来，巴瑞说那太重了，没法子带的啦。在那一大堆照片中，并没有这座裸女。

那次我们在清泉见面不久,就轮到我去美国了,也是去加州。当然,特为去了一次圣地亚哥,去探望丁妈妈。

在那次探亲的最后一天,丁妈妈说,孩子有信来,说有一件雕塑被指定送给了我,可以带走。

我跟着丁妈妈走过一面一面挂满了画的墙,一直走到巴瑞的房间去,他的雕塑都放在一起。

"Echo,你还是快把这个裸体女人拿走吧,人家来看了,知道是巴瑞做的,我就窘得不得了,真是难堪。"丁妈妈说这话时把双手捧住脸,又在大窘。

我的小行李袋中装不下这座塑像,丁妈妈找出了好大一个长形的尼龙背包,我们用旧布把她当心地包扎好,就由我右肩背着去上飞机。

去机场时,是巴瑞的墨西哥朋友法兰西斯用车来载我的。当他看见我把那么沉重的一个大袋子抱上车时,他立即问丁妈妈:"Echo 拿去的是什么?"丁妈妈平平淡淡地讲:"巴瑞送给她一件雕塑。"

在那一秒钟里,法兰西斯愣了一下,只这么电光石火地一愣,我立刻感觉到了他的意外和吃惊,除了这些之外,我晓得他心里很有些不自在。就那么一下,我们突然有了距离。

我心里想:这明明是巴瑞指定要送给我的,法兰西斯你干什么不痛快呢?

丁妈妈和我几乎也在同时，交换了一个眼神，妈妈真不含糊，她立即明白了法兰西斯和我之间那种微妙的心理变化。我们三个笑笑的，装成没事一般。

没几个星期，我回到了台湾。塑像太重了，被留在朋友家。又过了没两个月，再度飞去美国，去了半年，重返台湾，塑像因为必须用手抱回来，当时我身体情况不好，抱不动她。

巴瑞好像有些失望，他只问了一次塑像的事，我答应他，第三次去美国时一定会跟回来的，我一直保证他。

有一天巴瑞突然打电话给我，说加州洛杉矶那边有位美国神父来台湾，可以替我去朋友家拿塑像，一路抱过来。

我说："那他怎么过海关呢？一个神父抱了一个裸体女人进台湾他窘不窘？"

神父说没有关系。我说不必。反正又要再去美国了，如果第三次赴美，还抱不动这个女人，那也别回来算了。很喜欢这个裸女，尤其是因为她没有被法兰西斯抢去，我就更爱她。

回到台湾时，那第三次的归来——我迫不及待地打电话给巴瑞，告诉他：塑像终于来啦！一路都躺在我的膝盖上给抱着的，只差没给她系上安全带再加上买一张机票了。

一直担心海关不给裸女进来，想，如果他们要说话，我就一口咬定是神父做的。

巴瑞由清泉来了台北，知道他要来，把一盏灯开了，照着神父的女人，等着他。

"你看——"我向进门的巴瑞大叫,快乐地指向他的作品,那一刻,真是说不出有多欢喜。

"哦!"神父应了一声,鞋子也忘了脱,大步往他久别了的裸女走去。然后,两个人一同蹲下身来看她,后来干脆坐到地板上去了。

"我觉得,腰部微微扭曲的地方做得好,肩和脖子部分也不错,就是左胸,差了一点点,你怎么说?"我问巴瑞。

"做这个像的时候我都快窘死了,一直不敢细看那个模特儿,嗳——"

"那你就去看呀!不看怎么做?"我大奇。

"我就是不敢看她嘛!"神父变成了一个小孩子,口气好无辜的。

"我老师说,你塑这个胸部的时候,要想,想,这是一个饱满的乳房,里面充满了乳汁——"神父又说。

"当然要这么想啰!不然你怎么想?"我问。

"我——"

"怎么——你讲嘛!"我盯住巴瑞。

"我太羞了。"

"你是害羞的,可是那是艺术课呀——老兄!"

"我把那个胸部,看成了装水的气球。"

我说,小丁神父和我之间是无话不谈的,可是有些事情,因为不是话说得明白的,我们就有分有寸地不谈。神父被迫去做了一个裸女雕塑,他还是不想保留,将她交付了我。从那次以后,每当我在街上看见气球的时候,想的偏偏是一个乳房,每想到这里时,就算是一个人在街上走着,都会像疯子一样突然大笑起来。

注:这篇文章和照片,是经过神父同意才写出来的,谢谢。

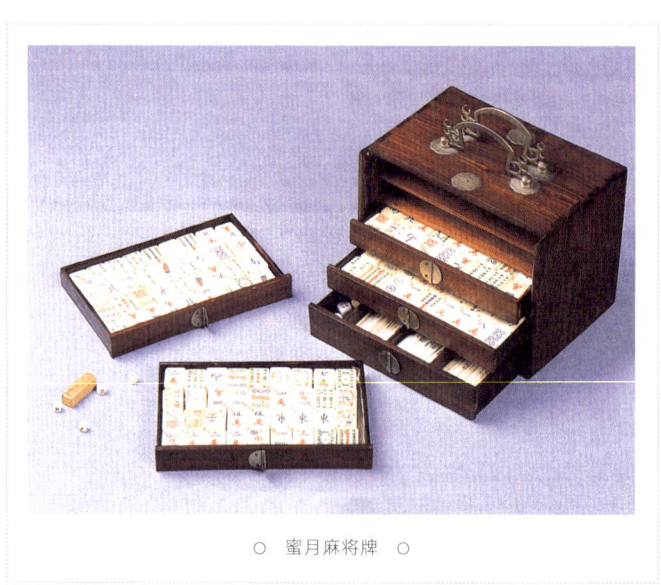

○ 蜜月麻将牌 ○

30

蜜月麻将牌

六七年前,我已经是个孀居的妇人,住在加纳利群岛上一个人生活。当时,并没有回国定居的打算,而那幢荷西与我的小房子,在海边的,被迫要出售掉;我急着四处看房子,好给自己搬家。

起初并不打算在同一个社区找房子的,既然已经是孤零零的一个人了,什么地方都可以安身。再说海边的土质总是不够肥沃,加上冬季风大,院子里要种些菜蔬或花果都得费上双倍的气力。我偏又酷爱种植,这个习性,是邻居和朋友都知道的。

在我们那个温暖的小镇上,许多房地产的买卖都是依靠口传的,只要咖啡馆、菜场、邮局、银行、杂货店这些地方见人就谈谈,大家都会把这件事放在心上,有人卖,有人想买,并不看报上的小广告,讲来讲去,消息就传开了。

听见我想卖房、再想买房,热心的人真多,指指引引地看了好多家,都不满意。

有一天,一个不认识的人在街上拦住我,叫我快去找中央银行分行里的一个叫做马努埃的人,说他堂兄太太的哥哥,在岛上美国学校附近的小山上给人代管一幢好房子。屋主原先是一对瑞士老夫妇,他们活到九十好多岁时,先后逝世了,现在老夫妇的儿子正由瑞士来,来处理父母的遗产。价格不贵,又有果树和花草,是岛上典型的老式西班牙民房,还有一口出水的井,也有满架的葡萄……

那个人形容了好多好多房子的事情,我就请问他,是不是去看过了呢?他说:"我听来的呀——找房子的是你,所以转述给你听嘛!"

我听了立刻跑到银行去找马努埃。

那时正是西班牙房价的旺期,我付不出太贵的价格,心里也是怪着急的。听说是遗产,又是外国人的,就知道不会贵,"快售求现"可能是处理遗产的一种心理。

马努埃给我画了一张地图又给了地址,我当时也没打电话,开着车照着图就去找了。

果然一幢美屋,白墙红瓦,四周满是果树,那千万朵洋海棠在门口成了一片花海,我紧张得口渴,一看就知道不是自己买得起的房子,可是还是想进去看看。

房主——那个儿子,只会讲德文,我道明了来意,他很礼貌地请我进去,而我的车,因为停得太靠山路了,他就向我讨了钥匙再替我去把车泊好些。他一面走一面回头喊:"里面门开着,请您自便,先进去看吧!"

人和人之间,能够做到这种信任和友爱的地步,我怎么舍得放弃那个美丽之岛呢。

我一个人静悄悄地走过石砖铺地的庭院,就走进去了。山上天凉,客厅里一个如假包换的壁炉还生着柴火呢。

立即爱上了这幢曲曲折折的两层楼大房子,虽然火光把人的影子在白墙上映得好大,寂寞的感觉太深,阴气也浓了一些,可是如果价格合理,我情愿搬过来,过下长门深锁的残生。

屋主进来了,又带我去后园走了一走,后院一片斜坡,可以看见远远的天和海。

"你一个人要来住?"他问。我点点头。

"邻居好远的喔!"他又说。

我沉思了一下,又请求他让我一个人再进房子里去感受一下。去了,站在楼梯转角往上望,上面静静的,可是老觉得有人在看我似的,那份凝固的静止之中,有一种神秘的压迫感躲在里面。

那天,我没有决定什么,引诱人的果然是价格,还有那口张着深深的大眼睛照人倒影的老井。

又去了两次,都请主人站在院子里,我一个人进去再三感受房子自己的故事。

"不行,这个屋子里有鬼!"和善的鬼,用着他们生前对这幢房子巨大的爱力,仍然占住了它。他们没有走,处处都感觉到他们的无所不在。

我,终于对主人抱歉再三的打扰,我说,这幢房子就一个女人来住,是太寂寞了。

那个主人一点也没有失望,他很赞成我的看法,也认为一个人住山区是太静了。

我们紧紧地握了一下手,就在道再见时,这个也已经七十多岁了的瑞士人突然叫我等一等。他跑到房中去,一会儿手上多了一个小盒子,重沉沉的,一看就是樟木,中国的。

"你是中国人,打不打麻将?"

当他用德文发音讲出"麻将"来时,我立刻明白了他要送我的东西必然是一副牌。

"不会打,一生也没有看过几次。"我诚实地说。

"无论如何,就送给你了。"

我将那重重的一盒牌打开,抽屉里面一副象牙面竹子背,手刻雕花的"精美神品"不知在蒙尘了多少岁月之后,又在阳光下再现。

"这太贵重了。"我讷讷地说。

"给你了,不要再客气。"

"那我——那我——"我紧紧地抱住盒子。

"这副牌,说来是有历史的,那一年,七十多年以前吧,我的父母新婚,他们选了中国去度蜜月,坐船去的。后来旅途中母亲怀上了我,前三四个月里害喜害得很厉害,父母到了上海,找到了一个犹太人的老朋友,就在中国住了好几个月才回瑞士。在当时,为着打发时间,学会了中国的麻将,那位犹太人的夫人是一位中国女子——"

"那个犹太人是不是叫哈同?"我大叫起来。

"哈同?哈同?我不知道哩!反正这副麻将牌是他们送给我父母的纪念品。你看,今天,它又回到一个中国人的手里去了。"

这副牌,在七十多年之后,终于回到了中国的土地上来。我不会打麻将,也不可能去学。夜深人静的时候,我将它们一张一张拿出来用手把玩,想到它的前因后果,竟有些挂心,这副神品,有一天,会落到谁的手中去呢?

31

广东来的老茶壶

最有趣的一趟短旅,最短的。星期六下午两点一刻抵达香港,星期天下午就回台湾,那时在教书,星期一有课,我不愿请假,也没有必要特别去调课,回来就是了。

是香港广播电台邀我去录音的,我的答应去,里面暗藏着私心——去了可以看见金庸夫妇还有倪匡。电台说,抵达的晚上要请客,要些什么朋友趁此机会见见面呢?我不敢说他们请得到金庸,可是就算电台不请,正好自己跑去找查先生反倒容易些。他一定管我一场好饭。

金庸——查先生,是我生命中另一位恩重如山的人。这场结缘的经过,因为未得查先生同意,写稿时夜已深了,不好打电话去吵扰,就此略过。让我放在心灵的深处每日感恩就是。

话说电台邀我去做访问,以为只是访一场,觉得又有飞机坐、又有旅馆招待、又有好酒好菜好朋友,真是值得去的。

没有想到抵达机场,献花完毕之后,以为可以直赴旅馆休息打扮再工作，没想到就在那半天，包括吃晚饭的时间在内，电台给我预排了结结实实六个不同单元的节目，叫我全上。

可怕的不是英文访问，怕的是那个比法文还要难的广东话。

饭局上和查先生夫妇、倪匡匆匆一见，就接着再做另外四场访问。香港人工作起来好似抢人命，可是，做得真真扎实，包括"脱口秀"。

我原先只是打算去香港玩玩的，没想到第一个下午到深夜，都没给人喘口气的机会。

第二天我起了个早，穿上牛仔裤就想溜到古董街上去。我下楼，交出钥匙给旅馆，提起背包正想开溜，两个女记者不知什么时候就像卫士一样地把我夹在中间了。

"不行，一定不行，你们不是香港电台的。只有一个早晨了，我去'行街'，请给我一点点自由。"说着说着就想哭出来了。最恨他人不给自由，而我，好似从来没有去妨碍过任何人的自由过，这很不公平。

"只要一小时。"她们笑着笑着，看了也怪可悯的，因为那是一个星期天，她们可以休息的，却为了我。

"一小时也不行，对不起。"说完我就跑。

她们挤进我的车子里来，一个拿照相机，一个拿录音机。我不讲话，沉着脸。

就在那条古董街上，我走来走去看东西，身后就甩不掉这两个为了工作的她们。

○ 广东来的老茶壶 ○

　　捉迷藏一样很不好玩，看老东西不能分神，一分神，眼光就错过了。眼看甩不掉这两个女孩，我干脆就在一家店门口的石阶上坐了下来，刚点上一根烟，她们马上来拍照。

　　我把烟往背后一藏，脸偏了过去，就在转脸的那一恍惚里，突然看见坐着的这家小店的店角架子下，放着一只漆黑漆黑被柴火熏饱了的大茶壶。眼光利，只看到把手就知道是一只好铜茶壶，只是蒙了灰。

我站起来往店里去找主人，用广东话问他那把茶壶卖不卖。他听不懂我说什么，我改口说华语，他也不懂，我就拉了他的袖子把他拉出店来。

我猜，逛古董店的人，一般是不会看上这种东西的，它，太平凡了，而我，不就正好配它吗？

讲起价格，老板沉吟了一下。我猜这个壶是没有人要的，他心里看人讨价。他看看我，那么一副牛仔裤的装扮，也许起了一些慈心，他说："四十块。"

四十块港纸在当时才合两百多块台币，我不买它还去买什么古玉吗？以我的身份，买这种价格的东西叫做"正好"。

那两个记者突然被我接纳了，我提着一把乌黑的大壶，就对着相机一直微笑。

"如果不是你们追，我不会坐下来，如果不是你们拍我抽烟，我不会转过脸去，如果不转身，这个茶壶就给它错过了。多谢你们，真的，好多谢呀——我们现在就坐在石阶上开始录音好不好？"我一口气地说，全是广东腔的华语。

那天黄昏，我回到了台湾，自己坐上中兴号由桃园往台北开，想到海关先生吃了一惊的口吻——"这是什么东西？好脏呀——"我禁不住笑了起来。

回家第一件事，就是买一瓶擦铜油。

32

阿富汗人哈敏妻子的项链

哈敏的小店挤在西雅图的"PIKE PLACE MARKET"里面并不起眼。相信每一个去过西雅图的旅客对于这一个必游之地是一定会去的。

市场就在码头的对街,上百家各色各样不同的摊位和商店挤在一起,逛上一天都不会厌。光凭着这个市场,西雅图的可游性就高出洛杉矶太多,比较起旧金山来,稍稍又少了些气氛。这只是在我的主观看法下,对于美国西岸的评价。

是一个冷雨凄风的下午,当天,我没有课,功课也都做好了,没有什么事情可做,就又去了那个市场。

逛了好多年的摊子,一些小零小碎、不好不坏的首饰看了根本不会去乱买,除非是精品,不然重量不重质的收藏只有给自己找麻烦。

哈敏的小店是楼梯间挤出来的一个小角落,一些人错过了它有可能,而我的一种直觉是不会使我漏掉的。店已经够小了,六个"榻榻米"那么大还做了一个有如我们中国北方人的"炕"一样的东西。他呢,不是站着的,永远盘坐在那个地方,上面挂了一批花花绿绿的衣服和丝巾。

我注意到哈敏的第一次,并不是为了那些衣服,当我走进他的店中去时,他不用英文,他说他自己的话"沙拉马力古"来招呼客人。

这句话,如此的熟悉,在撒哈拉沙漠时,是每天见人都用的阿拉伯文问候语。我初次听见在美国有人说出这样的句子来,心里产生了一丝说不出的柔情,笑望着他,也答了一句"沙拉马力古"。在双方的惊异之下,我们自然而然成了朋友。我常常去他的店里坐着,有时,也帮忙女客人给试衣服。

哈敏的生意清淡,他专卖阿富汗和印度来的衣服和饰物,可是我却看不上眼呢。我的去,纯粹为着享受那份安静的友谊。

他的话不多,问着,就答,不问,两个人就坐着。

"哈敏,你的妻子呢?""在阿富汗呀!""有没有小孩?""都嫁啦!""那你一个人在西雅图做什么呢?""开店呀!""那你太太呢?""她不肯来。""那你也不回去吗?""那边打仗呢。"

哈敏不回国办货色,他向一个美国人去批,批自己国家的东西。

"哈敏你不积极吧!""够了!""首饰不好看。""那是你挑剔呀!""这样不能赚钱。""可以吃饱就好了啦!"

永远是这种扯淡似的对话,我觉得哈敏活得有禅味。

○ 阿富汗人哈敏妻子的项链 ○

后来，我要走了，我去看他，跟他说再见。做朋友的半年里，没有买过他任何一样东西。

"嗳，要走了。"哈敏叹了一口气，根本没有惋惜的意思，好似人的来去对他都是一种自然。

"要走了。我要走了。"我大声些又讲了一遍。

这个哈敏，才在最后的一刻，站了起来——他一向是坐在炕上的。他慢吞吞地打开被许多衣服塞满的一个大铁箱，用手到角落里去掏，掏出了照片上那条项链来。

"你——这么好的东西，为什么早不给我看？"我瞪了他一眼，心里想，无论什么价格，都买下了。因为它太美了。

"你以前又不走，何必看呢？"

"多少钱？"

"我太太的啦！"

"我问你多少钱嘛？"

"啧，是我太太的啦！"

"那你要多少嘛？"

"你说多少？是我太太的。"

"一百美金。"

"好啦！不要忘了它是我太太的。"

我们付钱、交货，这才来了可能不属于阿富汗式的告别拥抱。就这样，哈敏太太的项链跟我结上了缘。

33

幸福的盘子

我的婆婆马利亚,是个喜欢收集盘子的人,她的西班牙盘子并不是吃饭时用的,而是挂在墙上当装饰的。婆婆的餐厅挂了四十几个陶土盘,美丽极了。

在我婚后,也喜欢上了盘子。那几年经济情形一直不算好,可是在荷西和我的克勤克俭之下,第四年的婚后,就买下了一小幢有花园的平房。对于我们来说,那已算是奇迹了。我们不贷款,一次付掉的。

有了房子,还是家徒四壁,墙上没有什么东西,因为所有的存款都付了房子,我们不做分期付款的事情。

买完新家之后,回了一次荷西出生的小城,西班牙南部安达露西亚行政区内的"哈恩",我们买下了照片左方彩绘的陶盘,那是婚后第四年。墙上挂了孤单单的一个彩盘。

又过了一年,再买下了照片中右手的那一个青花陶盘。我们的家,有了一双盘子。

○ 幸福的盘子 ○

　　再过了一年，第六年了，我单身飞去马德里远接父母，在街上看见一个有字的盘子，上面写着："这儿，是幸福的领地。"

　　词句有些俗气，可是想到自己的家的确是片幸福的领地，为什么不买下它呢？就因此有了第三个挂盘。当三个盘子一同挂着的时候，我幻想：我们的家一年一个盘，到了墙上挂满了四五十个的时候，荷西和我当然已经老了，那时候，还是牵着手去散步，只不过走得缓慢些罢了。

　　我的盘子没能等到第四个，就没有再继续下去，成了一个半残的故事。

○ 腓尼基人的宝瓶 ○

34

腓尼基人的宝瓶

当我结婚的那一年,我在撒哈拉沙漠里只有几件衣服加上一个枕头套扎好的袋子之外,就什么也没有了。

后来,我的丈夫用木板做了一个书架和桌子、椅子,就算是一个家了。

有一回,荷西出差回到西班牙本土去,他说要回父母家中去搬一些属于他的书籍来,又问我还要什么东西,可以顺便带回来。

一想就想到了在他床角被丢放着的那个陶土宝瓶,请他带到沙漠来。

听见我什么都不要,就指定了那个半残的瓶子,荷西面有难色,沉吟了好一会儿不能答应我。

荷西家中兄弟姐妹一共八人,他排行第七。也就是说,在他上面除了父母之外,其他六个手足都可以管他——虽然他并不受管,可是总是有那么一点点受限制的感觉。

"那个瓶子是大家的。"他讷讷地说。

"都丢在墙角,像垃圾一样,根本没人去理会它。"我说。

"可是万一我去一拿,他们就会理啦!"

"那你把钢琴搬来沙漠好了,妈妈讲过,家里人都不碰钢琴了,只有 Echo 去时才会弹一弹,她说钢琴是给我们的。"

"你要叫我把钢琴运到沙漠来?"荷西大吃一惊。

"不是啦!要的是瓶子,你又不肯,那我就要钢琴好了。"

"瓶子比钢琴宝贵太多了,你也知道——"

"是你大学时代海底捞出来的呀!不是为了可能算国宝,还是夜间才偷偷运上岸给藏着的吗?"

"就是这样嘛!他们不会给我们的。"

"可是放在家里也没有人珍惜它,不如给了我吧!我们也算是你的家人呀。"我苦苦地哀求着。

"怎么去拿呢?"

"你根本不要讲,拿衣服把它包好,就上飞机。等到他们发现东西不在了的时候,大概已经是两三年以后的事情了。"

"好,我去偷。"

"不要讲得那么可怜嘛!是你在加底斯海底打捞上来的东西,当然是属于你的。"

没过一个星期,这个瓶子就悄悄来了非洲。

我们开心得不得了,将它放在书架的顶端,两个人靠着,细细地欣赏它。

这是一件由"腓尼基人"沉船里打捞出来的半残瓶子,以前,可能是用来装稻米、麦子,或者是什么豆类用的。

为了确定这个瓶子的年代,荷西曾经将它送到马德里的"考古博物馆"中去鉴定,鉴定的当时,担心它会因为属于国宝而没收,结果那里的人说,馆内还有三五个完整的,这只残瓶才被拿了回来。鉴定之后说——确实是腓尼基人当时的物品。

我们一直带着这个瓶子,由马德里到沙漠,由沙漠到加纳利群岛,这回才由加纳利群岛带回了台湾。

有趣的是,加纳利群岛那个空屋,小偷进去了五次,都没想到这个宝瓶。他们只偷电器用品,真是没品位的小偷。

写这篇文章时,我又查了一下有关"腓尼基人"的资料,据台湾"中华书局"《辞海》这本字典中所记载,照抄在下面:

"腓尼基"(PHOENICIA):古时叙利亚西境自黎巴嫩山西麓至地中海一带地方之称。初属埃及,公元前十四世纪顷独立,人民属"闪族"。长于航海贸易,其殖民遍于地中海岸。其所通行之拼音文字,为今日欧洲各国文字之源。公元前九世纪以后,迭属于亚述、巴比伦、波斯及马其顿;至公元前六十四年,罗马灭之,以其地为叙利亚省之一部。

我很宝爱这只得来不易的瓶子,曾有邻居苦缠着叫我们卖给他,这是不可能的事。只要想到《辞海》中写的那个"公元前十四世纪""公元前九世纪""公元前六十四年",就知道曾经有多么古老的岁月在它身上流过。何况它是我的丈夫亲手打捞出来的。

看了这张图片的读者,请不必用"百合钥"来盗我家的门,它不在家中,在一个秘密的大保险箱里。倒是前一阵那次的大地震,很将我惊吓了一次,怕这个古老的残瓶被压到砖块下面不复寻得。

我想,以后还是把它交还给西班牙"考古博物馆"中去吧。

35

沧　桑

这个盒子是我在西柏林做一个穷学生时屋内唯一的装饰。那一次,宿舍贴了海报,说有一趟去波兰华沙的短日旅行,只要缴付五十块马克就可以参加。那时父亲给我的生活费相当于两百马克,当然包括房租、伙食、车钱和学费。

五十马克虽然不多,可是它占去了我月支的四分之一。我咬咬牙,决心那个月只吃黑面包,每个星期天吃一个白水煮蛋,那么这笔旅费就出来了。

去了华沙,冰天雪地的,没有法子下车尽情地去玩,就去了一家手工艺品店。同行的同学买了一些皮衣和纪念品,我的口袋里实在羞涩,看了好一会儿,才选了一个木头盒子,不贵的,背后写着"产于波兰"。

这盒子一直跟着我到结婚,也没什么用,就将它放着。有一天,荷西跟我去淘破烂,发现了一个外表已经腐烂了的音乐匣,里面的小机器没有坏,一转小把柄就有音乐流出来。我们

○ 沧桑 ○

带回了那个音乐盒，又放了三五年。

有一年父母要从台湾去看荷西和我，我们尽可能将那个朴素的家美化起来迎接父母。回时，我将这一个买自波兰的盒子拿出来，又将车房中丢着的破音乐匣也拿出来，要求荷西把音乐匣内的小机器移装到波兰盒子中去。

荷西是个双手很灵巧的人，他将两个盒子组合成了一个，为着盒底多了一个上发条的把柄，波兰盒子不能平摆在桌上，于是锯了三块小木头，将盒底垫高。

才粘了两块小木头，荷西就突然去了，我是说，他死了。

那第三块小木头，是我在去年才给它粘上去的。一个普普通通的盒子，也经历了好多年的沧桑，一直到现在，我都不敢去听盒里的音乐。它总是在唱，唱："往事如烟。"

36

药　瓶

有一年，因为身体不好已经拖了快十一个月了，西班牙医生看了好多个，总也找不出毛病，也止不住我的"情绪性大出血"。那一阵，只要又出血了，脸上就有些不自在，斜斜地躺在床上，听见丈夫在厨房里煮菜的声音，我就恨自己恨得去打墙。可是丈夫不许我起床，就连要去客厅看电视，都是由他抱出去放在沙发上的，一步也不给走。

为了怕再拖累他，我决定飞回台湾进入"荣民总医院"来检查。那一年，丈夫正好失业在家，婚后我们从来没有离开过那么远，而手边的积蓄只够买一个人的来回机票。为着丈夫不能一起来台湾——只为了经济上的理由，上机前的那几天，丈夫的眼角没有干过。

在荣总住院的时候，我的《撒哈拉的故事》正好再版，感谢这笔版税，使我结清了医院十二天的账单有余。我的性子硬，不肯求援于父母的。

○ 药瓶 ○

医院说我一切健康，妇人出血原因很多，可是那次彻查并没有找到根源。等到我出院的时候，还是在出血，也就没有办法了。

那时候一位好心的亲戚问我吃不吃中药，我心里挂念着孤单单又在失业的丈夫，哭着要赶回去，也没心慢慢吃什么中药了。

父母还是将我送去了朱士宗医师的诊所，我也不管什么出血不出血,就向朱伯伯讲:我没有时间吃药,我要赶回西班牙去。

朱伯伯说:"中药现在可以做成丸药了,你带了回去服,不必要留在台湾的。"

我拿了药丸后的第三天,就订了机票,那时候丈夫的来信已经一大沓了,才一个多月。

快信告诉他,要回去了,会有好大一包中药丸带着一同去,请丈夫安心。

等我回到那个荒凉的海边小屋去时,丈夫预备好了的就是照片中的那只大瓶子,说是洗了煮了好多遍,等着装小丸子呢。

那个青花瓶子,是以前西班牙老药房中放草药用的,一般市面上已经难求了。我问丈夫哪里来的,他说是我的西班牙药房听说有"中国药丸"会来,慷慨送给我们的,言下对中国药十分尊重与敬仰。

说也奇怪,那流了快一整年的血,就在每天三次必服的六十颗丸药的服治下,完全治愈了。谢谢朱伯伯。

○ 日历日历挂在墙壁 ○

37

日历日历挂在墙壁

它被挂在一间教堂的墙壁上。

也不懂为什么,一间老教堂没有望弥撒,却被许多摊位占满了,全在做生意。卖的是南美秘鲁古斯各高原上的特产。

古斯各是一个极美的老城,它的著名于世,跟那城附近的一个废墟——"失落的迷城——玛丘毕丘"有着很大的关系。世界各地的游客挤满了这接近海拔三千公尺的高原。

那是一九八二年的一月,应该算是南半球的夏天,可是入夜时,还是冻得发抖。

就是每天晚上淋着雨、踏着泥,跟着摄影的米夏去看一眼这块挂毡。它总是挂着,没有人买去它。

"如果你那么爱,那么爱它,就买下嘛!"米夏说。

我一直举棋不定。

长长的旅途,一共要走十七个国家,整整半年。不只如此,是各国的每一个村镇都得挤长途公车去跑的。在那种情形下,无论加添任何一样小东西，都会成为旅途中的负担，中南美洲那么大，东买西买的怎么成呢？

"你买，我来替你背。"米夏友爱地说。那一天，我买下了一支笛子，后来送给司马中原叔叔了。笛子又短又细，是好带的。

就在那场雨季里，我们乘坐的小飞机不能飞来载人，我日日夜夜地去看那块挂毯，把它看成了另一种爱情。

米夏看我很可怜，一再地说他一定答应替我背行李，可是他自己那套照相器材就要了他的命，我怎么忍心再加重他的负担呢？

卖挂毯的印地安人应该是属于南美印加族的。他解释说：这块挂毯要用手工编织半年左右，其中的图案，据说是一种印加人古老的日历。

实在太爱那份色彩和图案，终于，在一个大雨倾盆的夜晚，买下了它。

经过了万水千山的旅途，这幅日历挂毯跟着我一同回到了台湾。我是这样地宝爱着它，爱到不忍私藏，将它，慎慎重重地送给了我心深处极为爱惜的一位朋友。这份礼物普通，这份友情，但愿它更长、更深、更远。毕竟——物，是次要的，人情，才是世上最最扎实的生之快悦。

38

我敬爱你

我的女友但妮斯是一位希腊和瑞士的混血儿,她有着如同影星英格丽·褒曼一般高贵的脸形,而她却老是在闹穷。但妮斯的丈夫在非洲一处海上钻油井工作,收入很高,她单身一人住在加纳利群岛上,养了一群贵族狗,每天牵着到海边去散步。虽然但妮斯的先生不能常常回家,可是但妮斯每天晚上总是开着她的跑车,开到岛上南部夜总会林立的游客胜地去过她的夜生活。

我之跟但妮斯交上了朋友并不全然出于一片真心,而是那一阵丈夫远赴尼日利亚去工作,偶尔但妮斯在黄昏过来聊聊天,我也无可无不可地接受了。至于她的邀我上夜总会去钓男人那一套,是不可能参与的。

但妮斯的丈夫是个看上去绅士又君子的英国工程师,当他回家来时,会喊我去他们家吃吃晚饭,喝微量的白兰地,谈谈彼此的见闻和经历。我发觉但妮斯的丈夫非常有涵养,对于太

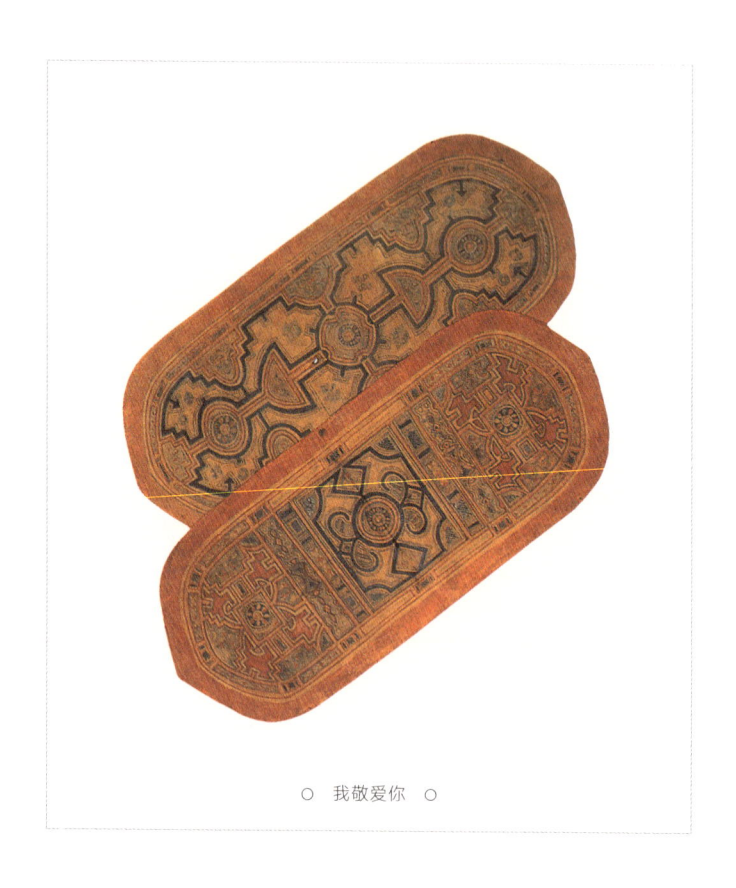

○ 我敬爱你 ○

太老抱怨钱不够用的事情，总是包容又包容。爱她，倒不一定。苟安，也许是他的心理。

总之，在但妮斯开口向我借钱的时候，她的衣服、鞋子、首饰和那一群高贵的狗，都不是朴素的我所能相比的。

我没有借给她，虽然她说连汽油钱都快没有了。我叫她去卖首饰和狗。

那时候，突然发觉，但妮斯养了一个夜总会里捡来的情人，他们两个都酗酒。只要但妮斯的先生一回家，那个男人就消失了，等到先生这一去两个月不回来，那个男人就来。

慢慢地，我就不跟她来往了。

有一个黄昏，但妮斯突然又来找我，看上去喝了很多酒。她进了客厅坐下来就哭，哭得声嘶力竭，说那个男子骗走了她的一切，包括汽车都开走了，更别说那一件一件皮大衣了。总之她先生就要回来了，她无以解释，连菜钱都没有，她要去跳海了。

我只问了一句："你可改了吧？"

她拼命点头，又说了一大堆先生不在，心灵极度空虚的那种话，看上去倒是真的。

"我丈夫也在非洲，我不空虚。"我说。

"你强啊，我是弱者，没有男人的日子，怎么活下去？"她又哭起来。

我拿出支票簿，也不问她数目，开了一张可能范围内的支票给她,她千恩万谢地走了。

不多久,我听说他们夫妇要回英国去离婚,我跑去找她,但妮斯没有提到欠我的钱,只指着一排排高跟鞋说:"你挑吧!"神情很不友善。

我怎么会要她的鞋子呢。神经病!

就在这个时候,但妮斯的丈夫走出来了,神色平静,显然不知道我借钱给但妮斯的事。他手里卷着两块羊皮卷,说:"这是我搜集的两块羊皮,北非'毛里塔尼亚人'古早时用天然色彩手绘出来的极美的艺术品,留下给你了好吗?"

展开来细细一看,我惊吓得说不出话来。这个东西,我在巴黎罗浮宫里看过类似的。

"你真的要给我?"我说。

"是你的了,你也许不知道,在但妮斯这些女朋友里,我最敬的就是你。"他说。

"敬我什么?"我很吃惊。

"敬爱你的一切,虽然我们没有讲过几次话。请告诉你的丈夫,他娶到的是一个好女人。"

我不知再说什么,与这两位即将离婚的夫妇握手告别。上车时,那两块古老的羊皮图卷再被那位先生递进窗口来,我重重地点了一下头,只说:"谢谢!"就开车走了。

今生,我没有再见过他们。

39

PEPA 情人

那一年,因为耶诞节,丈夫和我飞回马德里去探望公婆和手足。

过节的日子,总比平日吃得多,家中每一个女子都在喊:"要胖了,又要胖了,怎么办,再吃下去难看死了——"说归说,吃还是不肯停的。我,当然也不例外。

丈夫听见我常常叫,就说:"你不要管嘛!爱吃就去吃,吃成个大胖子没有人来爱你,就由我一个人安心地来爱不是更好!"

我听见这种话就讨厌,他,幸灾乐祸的。

有一年,丈夫去受更深的"深海潜水训练",去了十八天,回来说认识了一个女孩子,足足把那个女孩赞了两整天,最后说了一句:"不知道哪个好福气的男人把她娶去,嗳——"

我含笑听着听着,心里有了主意,我诚心诚意地跟丈夫讲:"如果你那么赞赏她,又一同出去了好几次,为什么放弃她呢?

○ PEPA 情人 ○

我可以回台湾去住一阵，如果你们好起来了，我就不回来，如果没好多久就散了，只要你一封电报，我就飞回你身边来，你说好不好？"

那一次他真正生气了，说我要放弃他。我也气了，气他不明白只要他爱的人，我也可以去爱的道理。

耶诞节了，丈夫居然叫我吃胖吃胖，好独占一个大胖子，我觉得他的心态很自私。

就在丈夫鼓励我做胖子的那几天，我偷偷买下了一个好胖的陶绘妇人，送给他做礼物。

当他打开盒子看见了名叫PEPA的女人时，我打了一下他的头，向他喊："满意了吧？一个胖太太加一个胖情人。"

后来，包括邻居的小孩到家里来玩的时候，都知道那是荷西的"情人"，是要特别尊敬的，不可以碰破她那胖胖的身躯。因为小孩子知道，这位情人，是我也爱着的。

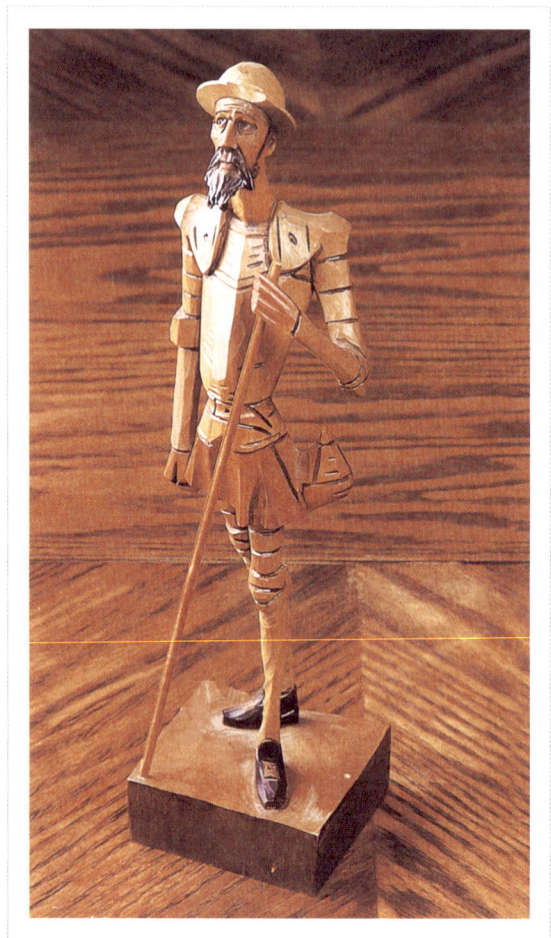

○ 梦幻骑士 ○

40

梦幻骑士

"梦幻骑士"是我的英雄——唐·吉诃德。

我得到这个木刻,在一个偶然的机缘里。

有一次不当心,将吉诃德手中那支矛弄断了,这更像一个刚刚打完仗的他。

去年在竹东深山里的清泉。小丁神父将彼德奥图和苏菲亚·罗兰主演的这张名片放给我看时,我一直没有受到如同书本中的那种感动,直到那首歌《未可及的梦》慢慢唱出来的时刻,这才热泪奔流起来。

既然吉诃德象征了一种浪漫的骑士精神,身为半个西班牙魂的我,是应该拥有一个他的。

41

来生再见

亲爱的江师母,你的灵魂现在是不是正在我的身边,告诉我:"夜深了,三毛不要再熬夜,师母是癌症过去的,你前两年也得过这个病,不要再累了,快去睡觉,身体要紧。而你脖子上肿出来的硬块,怎么还不去看医生?师母忧急你的健康,你为什么却在深夜里动笔在写我,快快去睡吧——"

我看着这张玉坠子和桃源石的印章照片,心里涌出来的却是你漫无边际对我的爱以及我对你的怀念。一年五个月已经过去了,师母,你以为我忘记了你吗?

初识师母是在东海大学一场演讲的事后,校方招待晚饭,快结束的时候,你由丈夫——东海大学文学院院长江举谦先生引着进入了餐厅,你走上来拉住我的手,说是我的读者。

那一刻,我被你其淡如菊的气质和美丽震住了,呆呆地盯住你凝望,不知说什么才是。

也许是前世的缘分未了,自从我们相识之后,发觉两人有

○ 来生再见 ○

着太多相似的地方，从剪裁衣服、煮菜、爱穿长裙子、爱美术、喜欢熬夜、酷爱读书，到逛夜市、吃日本菜、养花、种菜，甚而偶发的童心大发跑去看人开标卖玉，都是相同的。

我虽然口中叫你师母，其实心里相处得如同姊妹，我们一个在国外或台北，一个在台中的东海校园，可是只要想念，就会跑来跑去地尽可能一同像孩子般地玩耍。你的衣服分给我穿，你的玉石和印章，慷慨地送给我。只要我去台中，我们必然夜谈到天亮，不管老师在卧室里一遍又一遍叫喊着："去睡啦！不要再讲话啦——"我们还是不理他。等他睡着了，两个人一人一杯乌梅酒喝喝谈谈，不到天亮不肯去睡。

只要我去了台中，我们必去你的故乡竹山找三姨，我跟着你的孩子叫三姨，那个跟我差不多大的姨，被我叫成了亲戚。

师母，你喜欢看我打扮，也喜欢看见我快乐，无论什么心事，除了对小丁神父，我就只对你一个人说。如果不能见面，我们来来往往的书信就跑坏了邮差先生，在国外，只要我不写信，你就每天在邮差抵达的时刻不停地张望。

我们看来是完全不同的外形，你的美，蕴含着近乎日本女子的贤淑与温柔，我的身上，看见的只是牛仔裙上的风尘。可是我们的灵魂以及对生命的热爱却是呼应不息的。

去年的春天，老师一个电话将我急出了眼泪，老师说你头痛痛昏了过去，被救护车送到台大医院来。我匆匆地赶了去，你的神志还算清楚，只对我说："师母前五年开过癌症以后没有肯听医生的话每三个月做一次追踪检查。你千万不能大意，什么事都可以放下，医生一定要去看的，我知道你没有去，你是听话不听话？"

那日我看你神情和脸色还是不差，心里骗着自己：你的头痛只是一时的，不会有大事。可是老师在病房外抱着我痛哭的当时，我猜你的癌细胞已经到了脑子。

那时候我工作忙碌到几近崩溃的边缘，可是我每天跑一次台大医院去握住你的手。你拉着我胡言乱语起来，不肯起床吃东西。我试着喂你，哄你，你将身子背过去不看我，说病人不好看。那天清晨，你突然昏迷了，我赶去时，手术房里开脑的手术刚刚结束。而前一天，你那么爱美的人，不怕开刀，只说没有了头发叫我替你去找一顶假发。我含着泪与你笑谈假发的样子，然后跑出病房外面擦去眼泪。

　　那么多深爱你的人在外面守护着开过刀的你，加护病房没有人可以进去，我偷穿了一件蓝色的制服——工作人员脱下来的，混到加护病室一个床一个床地去找你。你清醒了，喊了一声"三毛"，我将手指张开，问你能不能数，你说是"五"，我又不知为何流下了眼泪。

　　那时候，我手边三本书一起要出版，加上母亲也在荣总同时开刀，而我又在这种水深火热的时候正在整理剪裁丁神父的那本《刹那时光》，同时，滚石唱片公司的一张唱片歌词也已经开始修改。在这么重的工作里，我压积着对母亲和对师母你的病况，几乎日日夜夜含着泪在工作的空当里分秒必争，在荣总和台大医院两个地方来回奔跑。

　　那时候，母亲康复出院了，师母你，却发觉肺部也有癌细胞和肿瘤。我一日一日地进出医院，总是笑着进去看你、抱你，出来时在电梯里痛哭。

　　我问护士小姐开肺的人事后麻醉过了痛不痛苦，护士诚实地告诉我：那是一个大男人也要痛得狂叫的。我又因为不能代你去痛而涌出了眼泪。

十天之后，你开脑再开肺，那个医院，好似再也走不出来。回想到因为我个人的忙碌，在你前几年健康情形尚好的时候，无法分出过多的时间给你而自责甚深。因为我知道你是那么渴望地与我相处，而我不是不愿而是不能。

开肺以后的一天，师母你突然跟我讲起蒋勋，那时他正去东海做了美术系主任，你说："蒋勋是一个懂得美的人。"我欣喜你放开了数月与病的挣扎，说出了这样如同我们过去的谈话形式来，我以为你可能就此慢慢康复，而当时的我，却因工作和心理，里外相熬，已在精神崩溃的边缘。

有一阵，快二十天吧，我病倒了下来，不能睡、无法吃、止不住地痛哭、记忆力已丧失到无法找到自己回家的路。在那种情况下，我的病引出了父亲、母亲的焦虑，而我，除了喊累之外，就是不能控制地大哭和想自杀。

清清楚楚地记得，那天师母你的孩子惠民打电话来，说师母你已昏迷，不能救了。

我撑着身子坐计程车去看你，你的手上还在打点滴，可是眼睛闭着，我轻轻地将脸贴在你的脸上，我的泪流在你的颊上，我喊你："师母、师母。"你不回答我。护士小姐进来请我离开，我舍不得走，我抱着你，你没有动静，我跟你说："师母，你怪过我这几天的不来看你吧？你一定在伤心我的不来，现在我来了，你为什么不理我？"

护士小姐强迫我走开,我再度亲亲你那依旧美丽的脸孔,哽着声音,向你说:"那么我们暂别了,师母,我的好朋友,这一条路,谁陪你去呢?"

出了病房,我坐在台大医院边门的石阶上埋头痛哭,想到你跟我那份不可解的友情,我实在是舍不下你那么孤孤单单地上路。

那个黄昏,我上车,计程车司机问我去什么地方,我发觉我的脑中又是一片空白,我不能记得父母家住在哪条街、哪条巷子。我在车中坐着流泪,讲不出要去的地名。我下车,在街上走了很久很久,发觉自己的身体好似被一个灵魂附住了似的痛苦难当,我眼睛开始看不清东西。我靠住一个电线杆呕吐,那时候,我记起了自己独住的家在什么地方,我喊了车子带我回去。在那份无以名之的痛苦之夜里,我的视力越来越朦胧,我一直全身发抖和抽筋。我等到天刚亮,挣扎着打电话去光启社给丁松筠神父,说我病了,不要告诉我大病初愈的妈妈,不要大医院,请神父快给我找一个医生,因为我支持不下去了。

当我在那天终于因为精神极度衰弱而住进了医院的当时,正是师母你临终的时刻。我突然明白了死的滋味,因着我们在心灵上太相近太相亲,你濒死的挣扎,如同电波一般地弹入我的身体。我也几乎在那时死去。

你的火化,我没能去。你在台中的告别式,我不能有体力去参加。躺在病房里,我不肯讲话,只在催眠药的作用下不安地翻去又醒来。我的去年,真真实实与你一同走过死阴的幽谷,而我康复了,你,师母,你却永远地走了。

照片中的一块玉石,一抹血红的印章,是师母你留在世界上给我的纪念,睹物思人,还是觉得这不过是一场梦。你的走,到现在也不能被我所接受。我常常会等待,等待你在我的梦中出现,可是你不来。师母,现在的你是不是在我身边?如果你正在摸摸我的头发,我怎么没有感觉?我们的缘,来生再续下去,你必然愿意的,正如我心渴望的一般,我们来生再相见了,能吗?能吗?请你回答我啊——

这篇文章,送给知我、爱我、疼我、惜我的江师母——杨淑惠女士。

42

第一个彩陶

在我第一次离家时,行李都不懂得怎么准备,更不敢带任何一样属于自己的心爱物。就只记得,手上那只表,还是进初中时父亲买给我的一只旧表,至于衣服,全是母亲给打点的。那时候,为了怕出国衣物不够,母亲替我足足添满了一大箱四季衣裳才含泪与我挥别。

四年半之后,我第一次回乡。当时,开门的小弟已经由一个初中生变成大学生了,我完全不能把他那高大的形象和那个光头初三学生联想在一起。家,是有一点陌生了。

父亲以为我的归来,必定带了许多新衣服,他为我预备了好多衣架和一个全空的衣柜等着我。

当我将三四件衣服挂好的时候,母亲发现那都是四年前带去的旧衣,空空的行李包中根本没有一件新的东西,连旧的,都给丢了一大半才回来。

那天夜里,在家中晚饭的时候,看见满桌的菜,一时里百

○ 第一个彩陶 ○

感交织,放下筷子,喊了一句:"原来你们吃得那么好——"然后埋首便哭。

爸爸、妈妈一下子就懂得了我的心情,急着说:"不哭、不哭!在外面生活一定太节省太苦了。可怜可怜!才那几件旧衣服带回来,你在外节省成那个样子,为什么不告诉你父母呢?我们也不知道外国生活那么高呀——"

那一次,我在台湾住了不到一年,又走了。

第二次的离家,箱子很轻,带去的钱,比第一次出国多了一点点。因为我自己赚的不多,又不肯拖累父母,但是略略请父母在经济上帮了我一下。也不打算用钱的,只为了一份安全感,将钱存入了银行。

那第二次再去西班牙,我没有去住宿舍。看报纸,跟三个西班牙女孩合租了一幢极小的公寓,两个人一间。找到了一个工作,在一间小学里教英文,收入只有四千台币左右,因为英文课一周才只有四小时。

就用这相当于四千块台币的金钱,付房租、买伙食、补皮鞋,偶尔还可以买一件减价的衣服。

那时候,我以前的男朋友荷西又出现了。

当他来过我的公寓,发觉除了一张全家人的照片被我贴在床边之外,什么装饰品都没有时,他看上去有些难过,也不说什么。

那时候他兵役刚刚服完,也是一贫如洗。

有一日荷西跟着姐姐回到故乡去，离开了马德里三天，他叫我也跟去，我因经济环境实在拮据，不肯动一下，怕一动了，又得花钱。

就在荷西旅行回来的那个晚上，他急匆匆地赶来看我，递给我一个小包裹，打开来一看，就是照片中的那个陶土瓶子——可以用它来放发夹和橡皮筋。

好骄傲地把它放在床边的小柜子上，成了我在国外生活中第一个装饰品。

一直很爱它，纪念性太高，舍不得将它给人，就一直跟着我了。

43

第一张床罩

结婚的时候,床垫子是放在水泥地上的,为了床架太贵,就只有睡在地上。

那时候,我只有一床床单,好在沙漠的太阳又热又永恒,洗的床单,晒在天台上一下子就干了,可以晚上再用。

沙漠风沙大,那个床,没有罩子,晚上睡前总得把床单用手刷了又刷,才没有睡在沙地上的感觉。

结婚三个月以后,存了一些钱,我开始去逛回教人的小店——看他们的挂毡,手织的。

挑了好久好久,都不满意那太多鲜红色的配色,直到有一天,在一位沙漠朋友的家里,突然看见了照片上这一幅毡子。我跟朋友一面喝茶、一面算计着他的宝贝。他说那是祖母时代的陪嫁,只有客人来了才拿出来的。

那顿茶,得喝三道,第三道喝完,就是客人告辞的时候了。

我故意不去碰杯子,人家只有让我慢慢地喝,那第三道茶,

○ 第一张床罩 ○

就倒不出来了。

最后我说，要买那个毡子。主人听了大吃一惊。

我很坏，用金钱去引诱这家人。讲出了普通店铺内五倍的价格，就称谢而去。

对于这种事情，是不跟先生商量的，他根本随我，就算讲了，也不过答个"好"字罢了。我的先生对金钱不很看重，反正领了薪水，往我面前用力一丢，大喊一声："哈！"就算了。

出了一个好价格，我就不再去那位朋友家死缠了。这是一种心理战术，不教对方看出来我实在渴想要这件东西。

没过了半个月，那个朋友的太太，蒙着面纱，在我家门口走来又走去，走来又走去，我站在窗口对她微笑，一句也不说她家那条毡子的话。

为了抵挡不住那个价格的引诱，在月底不到，而朋友家的钱都花光了的情形下，这条毡子在一个月黑风高的晚上，被那家的女人摸着黑，给送来了。我笑嘻嘻地收下了等于是全新的毡子，数了几张大钞给她。

"从明天开始，只可以吃骆驼肉。"我对先生说。他讲："你不去军中福利社买牛肉、蔬菜了？"我笑着将他拉去卧室，床上铺着的是那么美丽的一个床罩。我说："你就吃毡子好啰。这个东西，在精神上是很好吃的喔！"

○   第一串玫瑰念珠   ○

44

第一串玫瑰念珠

西班牙是一个天主教国家,虽然人民拥有信仰的自由,可是世代家传,几乎百姓都是天主教。我本身虽然出自基督教的家庭,可是跟天主教一向很亲近,也是看佛经的人,并不反对天下任何以"爱"为中心的任何宗教。

在西班牙的家庭里,每一个已婚妇人,百分之九十以上,都在床上的墙壁挂上一大串玫瑰经的念珠。

当我也结了婚以后,很喜欢也有一串那么大的念珠,把它挂在墙上,一如每一个普通的家庭。

可是我们住在以回教为主的沙漠里,这串念珠不好找。

等到我们夫妇回到马德里公婆家去时,我每天帮婆婆铺她和公公的床,总是看见那么一大串珠子挂在墙上。

公公是一位极为虔诚的天主教徒,每天晚餐过后就会聚集在家的人,由他,手中拿着一串小型的玫瑰念珠,叫大家跟着诵唱。

我的丈夫总是在公公开始念经之前逃走。我因为饭后必须洗碗以及清洗厨房的地，等我差不多弄好了家事时，婆婆就会来叫我，说家中的小孩都跑掉了，叫我去陪公公念经。

结婚以前，我所居住过的天主教修院宿舍也是要念经的，那是自由参加，不会勉强人。不但如此，在宿舍中每饭必要有一个同学出来带领祈祷谢饭。那时候，念经，我一次也不参加，可是祈祷是轮流的，就不好逃。

每一次轮到我在大庭广众之下祈祷时，我总是画一个十字架，口中大声喊着："圣父、圣子、圣灵——阿门。"就算结束。

而我公公的祈祷是很长很长的，他先为祖宗们祈祷，然后每一个家人，然后国家元首、部长、斗牛士——只有他喜欢的那几个，一直要祈祷到街上的警察们，才算完毕。

完毕之后，他开始数着念珠，这才开始他的夜课——念经。

公公念经的时候，我已经累得眼睛都快打竹篱笆了，靠在婆婆肩上，有一句没一句地跟着，所谓"小和尚念经，有口无心"。因此学了好多次，都不会。

只要回到公婆家去，每一次出门我都请示婆婆，除非她同意，不然我就不好意思出去。

婆婆常常讲："为什么又要出去呢？"

她不明白，先生和我在沙漠中住久了，一旦回到繁华的大都市来，玩心总是比较重些，况且我们还想趁着在度假，买些日用品回沙漠去。

就是有一天下午,又想跑到街上去玩,我不好讲,推着先生去跟婆婆讲。先生不肯去,他说要出去就干脆"通知"一声,都那么大了,请示是不必的,因为"凡请必拒"。

好了,只好由我去通知。

站在婆婆面前,说要出去玩,而且不回家吃晚饭,要晚上十一点才回去。

"那么多钟头在街上不冻死了?早点回来好了,还是回来吃晚饭吧!"婆婆说。

我看见公公在一旁看报,灵机一动,赶快讲:"爸爸,我们上街去找一串好大的橄榄木念珠,要找好久、好久的,你放我们去好不好嘛?"

公公听说要去买的是这件东西,好高兴地含笑催我走。

那一个下午,先生和我跑去逛街、买衣服、买皮鞋、看电影、吃小馆子,然后才去买下了一串念珠——好容易买到的东西,这才开开心心地坐地下车回去。

以后,那串念珠一直被我挂来挂去的,现在它正挂在台湾的家中。每见到它,往日欢乐的情怀就在记忆中浮现。我也祈祷,感谢天主给了我这么丰富的人生之旅和一段完整的爱情。

○ 第一条项链 ○

45

第一条项链

在我出国的时候,母亲给过我一条细细的金链子,下面挂了一个小小的"福"字,算做保护和祝福女儿的纪念品。

我个人喜欢比较粗犷的饰物,对于那条细链子,只是因为情感的因素将它当心地包扎起来,平日是不挂的。所以它成了母爱的代名词,不算我自己所要的项链。

照片中这一串经常被我所挂的首饰,是结婚当天,被一个沙漠妇人送到家里来卖给我的。这个故事曾经刊在《俏》杂志上,在此不再重复。想再说一遍的是:首饰送来时只有中间那一块银子,其他的部分,是先生用脚踏车的零件为我装饰的。至于那两颗琉璃珠子是沙漠小店中去配来的。

我将这条项链当成了生命中的一部分,尤其在先生过世之后,几乎每天挂着它。

这个故事因而有了续篇。

在一个深夜里,大约十一点钟吧,胡茵梦跑来找我,说有一个通灵的异人——石朝霖教授，正在一位朋友的家里谈些超心理的话语，叫我一起去。因为石教授住在台中，来一次台北并不简单，要见到他很难的。

当茵茵和我赶去那位朋友家时，那个客厅已经挤满了大批的人群，我们只有挤在一角，就在地板上坐了下来。当然，在那种场合，根本谈不上介绍了，因为人太多。

石教授所讲的不是怪力乱神的话语。他在讲"宇宙和磁场"。

等到石教授讲完了话之后，在座的朋友纷纷将自己身上佩戴的古玉或新玉传了上去，请石教授看看那件东西挂了对身心有什么作用，因为涉及到磁场问题。

有些人的佩件递上去，石教授极谦虚地摸了一摸，很平淡地讲："很纯净，可以挂。"有些陪葬的古玉被石教授摸过，他也是轻描淡写地说："不要再挂了。"并不是很夸张的语气。

当时，我坐在很远的地板上，我解下了身上这条项链，请人传上去给石教授。

当他拿到这块银牌子时，没有立即说话，又将反面也看了一下，说："很古老的东西了。"我想，不过两百年吧，不算老。比起家中那个公元前十四世纪的腓尼基人宝瓶，它实在算不上老。

我等着石教授再说什么，他拿着那条项链的神色，突然有着一种极微妙的变化，好似有一丝悲悯由他心中掠过，而我，很直接地看进了他那善良的心去,这只是一刹那的事情而已。

大家都在等石教授讲话,他说:"这条项链不好说。"我讲:"石教授,请你明讲,没有关系的。"

他沉吟了一会儿,才对我讲:"你是个天生通灵的人,就像个强力天线一样,身体情形太单薄,还是不要弄那些事情了。"

当时,石教授绝对不认识我的,在场数十个人,他就挑我出来讲。我拼命点头,说绝对不会刻意去通灵。那这才讲了项链。

石教授说:"这串项链里面,锁进了太多的眼泪,里面凝聚着一个爱情故事,对不对?"

我重重一点头,就将身子趴到膝盖上去。

散会的时候,石教授问茵茵:"你的朋友是谁?"茵茵说:"是三毛呀!那个写故事的人嘛!"

石教授表明他以前没有听过我。

那条被他说中了的项链,被我搁下了两三年,在倒吞眼泪的那几年里,就没有再去看它。

这一年,又开始戴了。我想,因为心情不再相同,这条项链的磁场必然会改变,因我正在开开心心地爱着它,带着往日快乐的回忆好好地活下去。

46

第一次做小学生

这是一本西班牙《学生手册》,由小学一年级注册开始就跟着小孩子一起长大,手册要填到高中毕业才算完结。大学,就不包括在内了。

先生过世的第一年,我回到公婆家去小住,那只是五六天而已。在那五六天里,我什么地方都不肯去,只要在家,就是翻出荷西小时候的照片来看,总也看不厌地把他由小看到大。

公公婆婆看我翻照片就紧张,怕我将它们偷走。我对婆婆说:"既然你们又不看,就请给了我吧,等我拿去翻拍了,再将原照还给你们好不好?"

公婆不肯,怕我说话不算数。那几天,照片被看管得很牢,我一点办法也没有。到了晚上,公婆睡了,我就打开柜子,拿出来再看。

那份依恋之情,很苦,又不好说。

就在我整理行装要由马德里去加纳利群岛的那一个黄昏,

○ 第一次做小学生 ○

先生的二哥夏米叶偷偷跑到我房间来，悄悄地从毛衣里面掏出一本册子往我箱子里面塞。

我问他是什么东西，他赶快"嘘"了我一声，说："不要再问了，妈妈就在厨房，你收了就是，去加纳利岛才看，快呀——不然偷不成了。"

我也很紧张，赶快把箱子扣好，不动声色地去厨房帮忙。

回到加纳利群岛，邻居、朋友们热情地跑来见我，那时我正在经过"流泪谷"，见了人眼睛就是湿的。后来，干脆不开门，省得又听那些并不能安慰人的话。

热闹了快一个星期，朋友们才放了我。

就在深夜的孤灯下，我拿出了二哥偷给我的手册。一翻开来，一个好可爱、好可爱的小男孩的登记照被贴在第一页，写着"荷西·马利安·葛罗——小学一年级"。

我慢慢地翻阅这本成绩簿，将一个小学生看到高三——我认识荷西的那一年。

再去看他小时候的成绩，每一次考试都写着——"不及格、不及格、不及格……"然后再去看补考。好，及格了、及格了、及格了。

我的先生和我，在他生前很少讲到学业成绩这种话题，因为荷西非常能干，常识也够丰富，我不会发神经去问他考试考几分的。

看见他小时候那么多个不及格，眼前浮现的是一个顽皮的好孩子，正为了那个补考，愁得在啃铅笔。

在我初二休学前那一两年，我也是个六七科都不及格的小孩子。

想到这两个不及格的小孩子后来的路，心中感到十分欢喜和欣慰——真是绝配。

47

第一个奴隶

读者一定会感到奇怪,照片中明明是一个双面鼓,怎么把它混错了,写成了一个人呢。

鼓的由来是这样的:

有一回先生和我以及另外几个朋友,开了车远离沙漠的小城——阿雍,跑到两三百里外的荒野里去露营。

沙漠的风景并不单调,一样有高山、沙丘、绿洲、深谷。在这些景色里,唯一相同的东西就是成千上兆的沙子。

我们每回出游,必然在行李中放些吃不死人的普通药品和面粉、白糖这些东西。这并不为了自己,而是事先为了途中可能经过的沙漠居民而备的——因为他们需要。

就在我们扎营起火的那个黄昏,一个撒哈拉威人不知由哪里冒出来的,站在火光的圈圈之外凝视着我们。与我们同去的西班牙女友很没见识,荒野里看到阿拉伯人就尖叫起来了。

为了表示我们并没有排斥这个陌生人的来临,我打了一下那个张大了眼睛还叫个不停的黛娥一下,丢了锅子快速地向来人迎了上去。那时候荷西也跟上来了,拉着我的手。

那个撒哈拉威人不会说太完整的西班牙话,我们讲单字,也讲懂了——他想要一些我们吃剩的东西。

知道了来意,我赶快拉他去汽车后车厢给他看,指着一袋面粉和一小袋白糖及药品,说都是给他的。可——是,因为步行太累了,第二日早晨我们拔营之后可以开车替他送去,请这个撒哈拉威人先回去吧,明早再来。

第二天早晨,才起来呢,那个昨日来过的人像只鹰似的蹲在一块大石头上。

先生和我拔了营就要跟去那个人的家——当然是一个帐篷。一般城外的人都那么住的。

女友黛娥死也不肯去,我们不敢在大漠里把两辆车分开——因为那太危险,就强迫黛娥和她的先生非去不可。他们也不敢跟我们分开,勉强跟去了。

那个撒哈拉威人说是住得并不远,车子开了好久好久才看到一个孤零零的帐篷立在沙地上。我心里很同情这位步行来的人,他必然在太阳上升以前就开始往我们走来了。

"那么远,你昨天怎么知道有人来了?"我问他。"我就是知道啦!"他说。我猜他是看烟尘的。沙漠人有他们过人的灵敏和直觉,毕竟这片土地是他们的。

到了那个千疮百补的大帐篷时,女人都羞得立即蒙上了脸,

○ 第一个奴隶 ○

小孩子有三四个，我一近他们，他们就哗一下又叫又笑地逃开，我一静，他们又聚上来。实在是不懂，这一家人——就只一家人，住在这荒郊野地里做什么？

当时，西属撒哈拉的原住民族，是可以拿补助的。每一个家庭，如果没有工作，西班牙政府补助他们九千元西币，在当时相当于四千台币左右。用这份补助，买水、面粉是足够了，至于要吃什么肉，只好杀自己的羊或骆驼了。

我们去的那个帐篷没有骆驼，只有一小群瘦极了的羊，半死不活地呆站着。

去了帐篷，我们搬下了白糖和面粉、药。而那时候，一个穿着袍子的黑人正开始起火——用拾来的干树枝，起火烧茶待客。他们有一个汽油桶装的水，很当心地拿了一勺出来。

喝茶时，荷西和我的眼圈上立刻被叮满了金头大苍蝇。黛娥用草帽蒙住头。我们，眼睛都不眨一下。我很快跑到女人堆里去了，那个回教徒，三个太太加一位老母亲，都住在一起。

"外面那个黑人是谁？"我问。

女人们听不懂我的话，推来推去地笑个不停。一般阿拉伯人肤色接近浅浅的棕色，并不是黑的。

那一天，我们喝完了茶，就告辞回家了，走之前，黛娥他们车内还有半盒子的鸡蛋、几颗洋葱，我们尽己所有地，都留下了才去。

这件事情，很普遍，事后也就忘了。

过了十几天以后，晚上有人敲门，我跑去开门，门外就站着那个帐篷中相遇过的人，夜色里，跟着一个穿袍子的黑人——那个烧茶水的。

我大喊了一声："荷——西——来——"

那个人对我们夫妇说，要送给我们一个奴——隶，说着往身后那个高大的黑人一指。

我们拼命拒绝，说家太小，也没有钱再养一个人，更不肯养奴隶，请他不要为难我们，这太可怕了。

那个主人不肯，一定要送。又说："叫他睡在天台上好了，一天一个面包就可以养活了。"

我拉过那个黑人袖子,把他拉到灯下来看了一看,问他:"你,要不要自由?如果我们先收了你,再放了你,就自由了。要不要?"

那个奴隶很聪明,他完全明白我的话,等到我说要放他自由,他吓坏了,一直拉住主人的袖子,口里说:"不、不、不……"

"你给他自由,叫他到哪里去?"主人说。

"那你还是把他带回去吧!我们这种礼物是绝不收的。"我喊着,往荷西背后躲。

"不收?"

"真的不能收,太贵重了。"

"那我另外给你们一样东西。"主人说。

"只要不是人,都可以。"我说。

那个送奴隶的人弯下身去,在一个面粉口袋中掏,掏出来的就是照片中那只羊皮鼓。

这个东西,使我们大大松了一口气——它不是个活人。

以后我们在家就叫这只鼓——"奴隶"。

搬家到加纳利群岛去时,我们打扮房子,我站着指点荷西:"对,把那个奴隶再移左边一点,斜斜地摆,对了,这样奴隶比较好看……"

在一旁听的邻居,一头雾水,头上冒出好多问号来,像漫画人物一般——好看。

○ 第一匹白马 ○

48

第一匹白马

　　白马不是一辆吉普车,只是一辆普通的小型汽车。吉普车是每一个沙漠居民的美梦,可是太贵了。

　　我们——先生和我,不喜欢分期付款,因此缩衣节食地省哪——省出来一辆最平民化的汽车钱。指定要白色的,订了一个月不到,汽车飘洋过海地来了。

　　沙漠的白天,气温高过五十度以上,车子没有库房,就只有给它晒着。等到下午由我开车去接先生下班时,得先把坐垫上放一小块席子,方向盘用冷水浸过的抹布包住,这才上路。

　　回想起来,也是够疯的了,就用这辆不合适沙漠情况的车子,三年中,跑了近十八万公里的路。有一回,从西属撒哈拉横着往右上方开,一直开到"阿尔及利亚"的边界去。

　　又有一次,把车子往沙漠地图下方开,穿过"毛里塔尼亚"一直开到"达荷美",而今称为贝林共和国的地方才停止。

　　这辆车子——我们叫它"马儿"的,性能好得教人对它感激涕零。它从来不在沙漠中赖皮。无论怎么样的路况，总也很合作地飞驰过去。

就算是四个轮子都陷在沙里了，我们铺上木板，加上毯子，用力一发动，白马就勇敢地跳出来。马儿吃的汽油少，而且从不生病。

到了后来，沙漠的强风，夹带着沙子，天天吹打着驾驶人要看路的那块玻璃。将玻璃打成毛沙的了。

"白马眼睛毛啦！"我对先生说。

那时候我们已经住在没有沙尘的岛上了。

也舍不得换那片玻璃，将它当成了一场美丽生活的回忆。我们就在岛上迷迷糊糊地开着它，直到有一天，邻居说要买一辆旧车给大儿子去开。他，看中了我们的。

我舍不得，虽然开出的价格十分引诱人。

"换啦！"荷西说。我看看他，不讲话。

"都那么多公里了，还不换，以后再也没有人出这种价格了。"

我终于答应了，看了一辆新车，又是白色的。那时候，正是失业的开始，我们居然很乐观地去换了一辆车。

当那个买主来牵他的马儿时，我将这匹带给我们夫妇巨大幸福的好马，里里外外都清洁了一遍。它走的时候，我跑到屋子里去，不想看它离开。

没过几天，撒哈拉的汽车牌照被新主人换成加纳利岛上的了。我急急地往邻居车库中跑,怕他将旧牌照丢掉。

"拿去吧!我没有丢。"邻居说。

我抱着车牌回来,将它擦了一遍,然后挂在车房里。

这两三年来,那种属于我们第一匹马儿的汽车也开始进口了。我特地跑去看了一看车型,走出来时,发觉自己站在台湾的土地上,那种"恍如一梦"的感触,很深、也很迷茫。

特别注意那种进口车的广告——写得不够引人。我心里默想,这个进口商怎么那么不明白,在中国,第一个用这种车子去跑沙漠的人就是我。厂商找了些不相干的人去打广告,有什么说服力呢?

而他们,是不会看见这篇文章的——因为生意人不看书的占大多数。所以,我就不把这种好性能、好本事、好耐力的汽车名字讲出来。

49

第一套百科全书

不知为何这一期刊登的宝贝,在许多照片中抽出来的,都是生命中所包含的"第一次"。算做是巧合吧,那也未免太巧了,因为真的是随手抽来就写的。

照片中的那套《百科全书》的确是我心爱的宝贝。回台湾来时,用磅秤试了一下,十二大册,总重二十九公斤。

这个故事发生在一九七六年,那时因为西属撒哈拉被摩洛哥占去,境内的西班牙人——不算军队,大约两千人吧,都因此离开了。

我们——先生和我,也告别了沙漠,飞到沙漠对岸的加纳利群岛去找事。而我们一时里找不到事情,只好动用一笔遣散费在生活。

失业中的日子,在心情上是越来越焦虑的,我们发出了无数求职的信给世界各地的潜水工程机构,包括台湾。也写了一封信给蒋经国先生,信中说:荷西是中国女婿,想在台湾找一

○ 第一套百科全书 ○

份潜水的工作，待遇不计。蒋先生回了信，真的，说——很抱歉，一时没有工作给他。

那一阵我们住在一幢租来的小房子里，在海边。也是那一阵，荷西与我常常因为求职的信没有下文，心情悲愁而暗淡。两个人常常失眠，黑暗中拉着手躺着，彼此不说话。

那一阵，我拼命写稿，稿费来了，荷西就会难过，不肯我用在付房租和伙食上。

也是那一次失业，造成了我们夫妇一天只吃一顿饭的习惯，至今改不过来。

就在一个炎热的午后,全社区的人,不是在睡午觉就是到海滩上去晒太阳、吹风时,寂静如死的街道上传来了重重的脚步声。就因为太安静了,我们听得清楚。

有人拉着小花园门口我们扎在木头栅子上的铜铃,请求开门。

我穿着一条家居短裤,光着脚跑出去看看来人会是谁。那时候,初抵一个陌生的岛屿,我们的朋友不多。

门外一个西装笔挺的青年人,身上背着好大好大一个帆布旅行包,热得满脸都是汗,脸被太阳晒得通红的,就站着等我。

他很害羞地讲了一声"午安",我也回了他一句"午安"。一看那个样子,应当是个推销员。

荷西慢吞吞地走出来,向来人说了一声:"天热,请进来喝杯啤酒吧,我们刚好还剩两罐。"

我们明知自己心软,推销员不好缠,可是为着他那副样子,还是忍不下心来将他打发掉。

进了门,在客厅坐下来时,那个旅行包被这位陌生人好小心地放在地上,看他的姿势,就晓得重得不得了。

我们喝着啤酒,荷西与我同喝一罐,他,一个人一罐,就没有了。

谈话中知道他才做了三天的推销员——卖百科全书,没有汽车,坐公车来到这个有着两百家左右居民的社区,来试他的运气。

"难道你不知道这个海边叫'小瑞典'吗?你在这些退休来

的北欧人里卖西班牙文百科全书?"我啃着指甲问他。

那位推销员说他根本不知道这些,只晓得有人住着,就来了。

"全岛的人都知道的呀!你怎么会不知道?"我奇怪地说。

那个人咳了一下,好像开始要讲很长的故事,最后才说:"唉!我是对面西属撒哈拉过来的,在那边住了快十五年,我父母是军人,派到那边去,现在撤退到这个岛上来,我们是完全陌生的,所以——所以——我只有出来卖书。"

一听见这位西班牙人也是沙漠过来的,我尖叫起来,叫着:"你住阿雍吗?哪个区?城里还是城外?你在那边见过我们吗?"

"我们也是沙漠过来的。"荷西好快乐的样子。许多天没看见他那种神情了。

讲起沙漠,三个人伤感又欣慰,好似碰见了老乡一样,拼命讲沙漠的事和人。我们发觉彼此有着许多共同的朋友。

最后讲起荷西的失业以及找工作的困难,又难过了一阵。那时候,那个已经成了朋友的推销员才将旅行包打开来,拿出一册百科全书。

"你推销,只要带一册,再加些介绍这套书的印刷品就够了,何苦全套书都掮在肩上走路呢?"我看着这个呆子,疼惜地笑着。

"三天内,卖了几套?"荷西问着。

"一套也没有卖掉。可是明天也许有希望。"

荷西将我一拉拉到卧室去,轻轻地说:"宝贝,我们分期付款买下一套好不好?虽然我们不喜欢分期付款,可是这是做好事,你可怜可怜外面那个沙漠老乡吧。"

我心中很紧张地在算钱,这桩事情,先生是不管的,我得快速地想一想——如果付了第一期之后,我们每个月得再支出多少,因为百科全书是很贵很贵的。

"Echo,宝贝,你不是最爱书本的吗?"先生近乎哀求了。我其实也答应了。

等到荷西叫出我最亲爱的名字——"我的撒哈拉之心"这几个字时,我抱住他,点了头。

当我们手拉手跑出去,告诉那个推销员——我们要分期付款买下他第一套百科全书时,那个人,紧紧握住荷西的手,紧紧地握着,好像要哭出来了似的。

然后,我们叫他当天不必再卖了,请他上了我们的车子,将他送回城里去。这个年轻人没有结婚,跟着父母住在一幢临时租来的公寓里,他说父亲已经从军中告老退休了。

当他下了我们的车子,挥手告别之后,我听见这个傻孩子,一路上楼梯一路在狂喊:"爸爸、爸爸!我卖掉了第——一——套——"

我笑着摸摸正在开车的先生的头发,对他说:"这一来,我们就喝白水,啤酒得等找到事的时候才可以喝了。"

50

娃娃国娃娃兵

在加纳利群岛最大的城市棕榈城内,有着一家不受人注目的小店,因为它的位置并不是行人散步的区域,连带着没有什么太好的生意。

我是一个找小店的专门人物,许多怪里怪气的餐馆、画廊、古董店或是不起眼的小商店,都是由我先去发现,才把本地朋友带了去参观的。当然,这也表示,我是个闲人,在那片美丽的海岛上。

这群娃娃,略略旅行或注意旅行杂志的朋友们,一定可以看出来,她们是苏俄的著名特产。

当我有一次开车经过上面所提到的那家小店时,车速相当快,闲闲地望了一下那杂七杂八陈列着太多纪念品的橱窗时,就那么一秒钟吧,看到了这一组木娃娃,而当时,我不能停车,因为不是停车区。

回家以后我去告诉先生,说又发现了一家怪店,卖的东西

○ 娃娃国娃娃兵 ○

好杂,值得去探一探。先生说:"那现在就去嘛!"我立刻答应了。

那一阵先生失业,我们心慌,可是闲。

就在同一天的黄昏,我们跑去了。店主人是一位中年太太,衣着上透着极重的艺术品位。她必是一位好家境的女子,这个店铺,该是她打发时间而不是赚钱养家的地方——因为根本没有生意。

我们去看苏俄娃娃,才发觉那是一组一组有趣的"人环"。

娃娃尺寸是规定的，小娃娃可以装在中娃娃空空的肚子里，中娃娃又可以放在大娃娃的肚子里。

这么一组一组地套，有的人环，肚子里可以套六个不同尺寸的娃娃，有的五个，有的四个。

先生很爱人形，也酷爱音乐盒子。这一回看见那么有趣的木娃娃，他就发疯了。而先生看中的一组，共有二十三个娃娃，全部能够一个套一个，把这一大群娃娃装到一个快到膝盖那么高的大娃娃里去。

我也是喜欢那组最浩大的。

问了价钱，我们很难过，那一组，不是我们买得起的。我轻问先生："那先买一组六个的好不好？"他说不好，他要最好的，不要次货。

"又不是次货，只是少了些人形。"我说。

"我要那个大的，二十三个的。"他很坚持。

"那就只好等啰！傻孩子。"我亲亲先生，他就跟我出店来了，也没有乱吵。其实，家里存的钱买一组"大人环"还是足足有余的，只因我用钱当心，那个"失业"在心情上压得太重，不敢在那种时间去花不必要的金钱。

等到我回到台湾来探亲和看医生时，免不得要买些小礼物回来送给亲朋好友，于是我想起了那一套一套人形。她们又轻又好带，只是担心海关以为我要在台北摆地摊卖娃娃，因为搬了三十几套回来——都只是小型的。

付钱的时候,我心中有那么一丝内疚——对先生的。这几十套小人的价格,合起来,可以买上好几套最大的了。

我没有买给先生,却买给了朋友们。

这批娃娃来到台北时,受到了热烈的欢迎,每一个朋友都喜欢她们。有一次在一场酒会里,那只我很喜欢的"笨鸟"王大空走到我身边来,悄悄地问我:"你那组娃娃还有没有?"

当时,就有那么巧,皮包内正放着一组,我顺手塞给王大空,心里好奇怪——这只好看的笨鸟居然童心未泯到这种地步,实在可喜极了。

后来家中手足眼看娃娃都快送光了,就来拿,又被拿去了最后的那一群。当时也不焦急,以为回到了加纳利群岛还是买得到的。

以后,先生和我去了尼日利亚,搬来搬去的,可是先生心中并没有忘记他的"兵"。

我说那不是兵,是娃娃,他就叫她们"娃娃兵团"。

好多次,我们有了钱,想起那组娃娃,总又舍不得去买。那时,我们计划有一个活的小孩子,为着要男还是要女,争论得怪神经的。

反正我要一个长得酷似先生的男孩子,先生坚持要一个长得像我的女孩。而我们根本不知道活小孩什么时候会来,就开始为了这个计划存钱了。

那组大约要合七千台币的"娃娃兵团"就在我们每次逛街

时的橱窗里，面对面地观望欣赏。

等我失去了先生，也没有得到自己的孩子时，方才去了那家小店。放足了钱，想把她们全买下来，放到先生坟上去陪伴他。

那个女主人告诉我，苏俄娃娃早就卖完了，很难再去进货。她见我眼中浮出泪水，就说："以后有了货，再通知你好吗？"

我笑着摇摇头，摇掉了几串水珠，跟她拥抱了一下，说："来不及了，我要回台湾去，好远的地方，不会再回来了。"

回到台湾，我的姐弟知道这组娃娃对我的意义，他们主动还给了我两套——都是小的。

常常，在深夜里，我在灯下把这一群小娃娃排列组合，幻想：先生在另一个时空里也在跟我一同扮"家家酒"。

看到了这篇文章的读友，如果你们当中有人去苏俄，请千万替我带一套二十三个的娃娃回来给我好不好？请不要管价格，在这种时候，还要节省做什么呢。

51

时间的去处

在美国,我常常看一个深夜的神秘电视节目,叫做《奇幻人间》。里面讲的全是些人间不太可能发生的事情,当然,许多张片子都涉及到灵异现象或超感应的事情上去。

一个人深夜里看那种片子很恐怖,看了不敢睡觉。尤其是那个固定的片头配乐,用着轻轻的打击乐器再加时钟嗒、嗒、嗒的声音做衬出来时,光是听着听着,就会毛发竖立起来。

我手中,就有一个类似这样的东西。

是以前一个德国朋友在西柏林时送给我的。一块像冰一样的透明体,里面被压缩进去的是一组拆碎了的手表零件。

无论在白天或是晚上,我将这样东西拿在手中,总有一种非常凝固的感觉如同磁铁似的吸住我。很不能自拔的一种神秘感。

我是喜欢它的,因为它很静很静。

许多年了,这块东西跟着我东奔西跑,总也弄不丢。这与

○ 时间的去处 ○

其说是我带着它，倒不如说，是它紧紧地跟着我来得恰当。

有一年，在家里，我擦书架，一不小心把这块东西从架上的第一层拂了下去。当时先生就在旁边，他一个箭步想冲上来接，就在同一霎间，这块往地上落下去的东西，自己在空中扭了一个弯，啪一下跌到书架的第三层去，安安然然地平摆着，不动。

我是说，它不照"抛物线"的原理往下落，它明明在空中扭了一下，把自己扭到下两层书架上去了。这是千真万确的。

先生和我，看见这个景象——呆了。

先生把它拿起来，轻轻再丢。一次、两次、三次，这东西总是由第一层掉到地上去，并没有再自动转弯，还因此摔坏了一点呢。

那么，那第一次，它怎么弄的？

从那次以后，我就有点怕这块东西，偏偏又想摸它，从来舍不得把它送人。

那些静静的手表零件，好像一个小宇宙，冻在里面也不肯说话。

写到这儿，我想写一个另外的故事，也是发生在我家中的。这个故事没有照片，主角是一棵盆景，我叫不出那盆景的名字，总之——

在我过去的家里，植物长得特别的好，邻居们也养盆景，可是因为海风吹得太烈，水质略咸，花草总也枯死的多。而我的盆景在家中欣欣向荣，不必太多照拂，它们自然而快乐地生长着。

每当有邻居来家中时，总有人会问，怎么养盆景。那时候我已经孀居了，一个人住，不会认真煮饭吃，时间就多了一些。我对邻居说，要盆景好，并不难，秘密在于跟它们讲话。"跟盆景去讲话？！"邻居们大吃一惊。

"我没人讲话呀！"我说。

说着说着，那一带的邻居都去跟他们的盆景讲话了。

我跟我的盆景讲西班牙文，怕它们听不懂中文。

就在一个接近黎明的暗夜里，我预备睡了，照例从露台吊着的盆景开始讲，一棵一棵讲了好多，都是夸奖它们的好话。

等我讲到书架上一棵盆景时，它的叶子全都垂着，一副没精打采的样子。我一看就忘了要用鼓励的话对它,就骂:"你呀!死样怪气的,垂着头做什么吗?给我站挺一点,不要这副死相呀!"

那个盆景中的一片手掌般大的叶子,本来垂着的,听了我的好骂,居然如同机器手臂一样咔咔、咔咔往上升,它一直升,一直升,升到完全成了举手的姿势才停。

那一个夜晚,我被吓得逃出屋去,在车子里坐到天亮。等到早晨再去偷看那片吓了我的叶子:它,又是垂下来的了。

第二天,我把这盆东西立刻送人了。

在我的家里,还有很多真实的故事,是属于灵异现象的,限于"不科学",只有忍住不说了。

○ 橄榄树 ○

橄榄树

这明明是一只孔雀，怎么叫它一棵树呢？

我想问问你，如果，如果有一天，你在以色列的一家餐馆里，听到那首李泰祥作曲，三毛作词，齐豫唱出来的——《橄榄树》，你，一个中国人，会是什么心情？

以色列，有一家餐馆，就在放《橄榄树》这首歌。

当时，我不在那儿，在南美吧！在那个亚马逊河区的热带雨林中。

是我的朋友，那个，在另一张南美挂毡的照片故事中提到的朋友——他在以色列。是他，听到了我的歌。那时候，我猜，他眼眶差一点要发热，因为离开乡土那么远。

回来时，我们都回返自己的乡土时，我给了他一张秘鲁的挂毡。他，给了我一只以色列买来的孔雀。然后，把这个歌的故事，告诉了我。

一九八九年，如果还活着，我要去以色列。在那儿，两家犹太民族的家庭，正在等着我呢。

53

西雅图的冬天

前年冬天,我在西雅图念书。开始胆子小,只敢修了一些英文课,后来胆子大了,跑去选了"艺术欣赏"。

在选这门课之前,我向注册部门打听又打听,讲好是不拿画笔的,只用眼睛去看画,然后,提出报告,就算数。这才放胆去上课了。

那堂课,大概是二十个学生,除了一群美国人之外,我是唯一的中国人。另外两个犹太人,一个叫阿雅拉,一个叫瑞恰,是以色列来的。

阿雅拉和瑞恰原是我英文班上的同学,因为三个人合得来,就又选了同样的课。

在"艺术欣赏"这门课上,一般美国同学的态度近乎冷淡。那个女老师,只看她那纯美国式的衣着风格,就知道她不是一个有着世界观的人,看画也相当狭窄。我猜,在美国著名大学中,这样的人是轮不到做教授的。

○ 西雅图的冬天 ○

以前也上过西班牙的"艺术课",那个马德里大学的教授比起这一位美国老师来,在气势上就不知要好多少。

主要是,那个美国老师,把教书当成一种职业,对于艺术的爱之如狂,在她生命中一点也没看见。我就不喜欢她了。

我知道,老师也不喜欢我。第一次上课时,我报出一大串伟大画家的名字,而且说出在某时某地看过哪一些名画的真迹。那个气量不大的女老师,深深地看了我一眼,我当时就知道——完啦。

小小的西雅图,有人容不下我。

同学们，怎么交朋友，都谈不上来。人家讲话，他们只是回答："是吗？是吗？"不肯接口的。冷得很有教养。

那个犹太同学阿雅拉本身是个画家，因为先生被派到波音公司去做事一年，她好高兴地跟来了。也只有她和瑞恰，加上我，三个人，下课了就叽叽喳喳地争论。

阿雅拉不喜欢具象画，我所喜欢的超现实画派，正好是她最讨厌的。我们经常争辩的原因是，彼此说出哪一幅名画或哪一个画家，两个人脑子里就会浮现出背景来。可以争，只因为旗鼓相当。

后来我要离开美国了，阿雅拉很难过很难过。她拿起久不动的相机和画笔，特别跑到西雅图城里去拍照，以照片和油彩，绘作了一幅半抽象半具象的街景送给我，算是一种"贴画"吧。

这幅《西雅图之冬》我非常喜爱，其中当然也加进了友情的色彩。目前正在等着配个好框。

写这篇文章的时候，阿雅拉在西雅图已经开过了一次个展，报纸给她好评，也卖掉了一些画。没多久以前，阿雅拉回到以色列去，我回到台湾。我们通信，打电话，约好一九八九年由我去以色列看看她和瑞恰，我们正在热切地盼望着再一次的相聚。

54

亚当和夏娃

"如果他是亚当,那时候上帝并没有给他胡子刀,他的胡子不会那么短。"我说。

"这个时候亚当才造好了不久嘛!还没有去吃禁果呢。"荷西说,"你看,他们还不知道用树叶去做衣服,以此证明——"

"吃了禁果还不是要刮胡子。"我说。

那时候,我们站在一个小摊子面前,就对着照片中这一男一女讲来讲去的。

因为价钱不贵,而且好玩,我们就把这一对男女买回家去了。艺术性不高的小玩意儿罢了,谈不上什么美感。

这一对男女被放在书架上,我从来没有特别去重视他们。

有一天跟荷西吵架,没有理由地追着他瞎吵。吵好了,我去睡觉,就忘了这回事。我的生气是很短的,绝对不会超过五小时以上。如果超过了,自己先就觉得太闷,忍不住闷,就会去找荷西讲话,如果他不理,我就假哭,我一哭,他就急了,

○ 亚当和夏娃 ○

一急就会喊:"你有完没有?有完没有?"我也就顺水推舟啦,说:"完了,不吵了。对不起。"

有一次也是吵完了,说声对不起,然后去厨房弄水果给荷西吃。厨房跟客厅中间有一个美丽的半圆形的拱门。道了歉,发觉荷西正往那一对裸体人形走过去,好像动了他们一下,才走开。

我跑过去看看人形,发觉他们变成面对面的了,贴着。我笑着笑着把他们并排放好。

以后我发觉了一个秘密,只要荷西跟我有些小争吵——或说我吵他,那对裸体人形的姿势就会改变。是荷西动的手脚。

吵架的时候,荷西把他们背靠着背;和好的时候,就贴着,面对面。平日我擦灰时,把他们摆成照片上的站姿。等到我不知觉的当儿,他们又变成面对面的了。

这个游戏成了我们夫妻不讲话时的一种谜语。有一天,我发觉荷西把那个"我的代表",头朝上向天仰着,我一气,把他也仰天给躺着,变成脚对脚。没过几天再去看时,两个人都趴在那里。

本来没有什么道理的两个小人,因为先生的深具幽默感,成了家中最有趣的玩具。

这一回卖掉了那幢海边的家回到台湾来,当我收拾行李的时候,把这对人形用心包好,夹在软的衣服里给带回来。

关箱子的时候,我轻轻地说:"好丈夫,我们一起回台湾去啰!"

55

我要心形的

每次耶诞节或者情人节什么的,我从不寄望得到先生什么礼物。先生说,这种节日本意是好的,只是给商人利用了。又说,何必为了节日才买东西送来送去呢?凡事但凭一心,心中想着谁,管它什么节日,随时都可送呀!

我也深以先生的看法为是,所以每天都在等礼物。

有一天先生独自进城去找朋友,我不耐那批人,就在家里缝衣服。先生走时,我检查了他的口袋,觉得带的钱太少。一个男人,要进城去看朋友,免不得吃吃喝喝,先生又是极慷慨的人,不叫他付账他会不舒服的。就因为怕他要去一整天,所以又塞了几张大钞给他,同时喊着:"不要太早回家,尽量去玩到深夜才开开心心地回来。不要忘了,可以很晚才回来哦!"

站在小院的门口送他,他开车走的时候挥了一下手,等到转弯时,又刹了车,再度停车挥手,才走了。

邻居太太看了好笑,隔着墙问我:"你们结婚几年了?"我

○ 我要心形的 ○

笑说:"快五年了。"那个太太一直笑,又问:"去哪里?"我说:"去城里找朋友。"邻居大笑起来,说我怎么还站在门口送——生离死别似的。我也讲不出什么道理,哗一下红了脸。

没想到才去了两个多钟头吧,才下午一点多钟呢,先生回来了。我抬起缝衣服的眼睛,看见他站在客厅外面,伸一个头进来问:"天还没有黑,我,可不可以回家?"

"当然可以回家啰!神经病!"我骂了他一句,放下待缝的东西,走到厨房把火啪一点,立即做午饭给他吃。

做饭的时候,问先生:"怎么了,朋友不在吗?"先生也不做声,上来从后面抱住我,我打他一下手臂,说:"当心油烫了你,快放手!"

他说:"想你,不好玩,我就丢了朋友回来了。"

等我把饭菜都放在桌上,去浴室洗干净手才上桌时,发现桌上多了一个印度小盒子,那个先生,做错了事似的望着我。

我一把抓起盒子来,看他一眼,问:"你怎么晓得我就想要这么一个盒子?"先生得意地笑一笑。我放下盒子,亲了他一下,才说:"可是你还是弄错了,我想要的是个鸡心形的,傻瓜!"

先生也不响,笑笑地朝我举一举饭碗,开始大吃起来。等我去厨房拿出汤来的时候,要给先生的空碗添汤,他很大男人主义地把手向我一伸——天晓得,那个空碗里,被他变出来的,就是我要的鸡心小盒子。

这一回,轮到我,拿了汤勺满屋子追他,叫着:"骗子!骗子!你到底买了几个小盒子,快给我招出来——"

八年就这么过去了。说起当年事,依旧泪如倾。

56

印地安人的娃娃

那半年在中南美洲的旅行,好似从来没有错过一次印地安人的"赶集"。

常常,为了听说某个地方的某一天会有大赶集,我会坐在长途公车里跟人、动物、货品、木头挤在一车。有时膝上还抱着一个满头长虱子的小女孩。

虽然这种长途车很不舒服,可是为着赶集的那种快乐和惊喜,仍然乐此不疲地一站一站坐下去。

最长的一次车,坐了三天两夜,沿途换司机,不换乘客。为着那次的累,几乎快累死去,更可怕的是:他们不给人上厕所。

任何事情,在当时是苦的,如果只是肉体上的苦,过了也就忘了。回忆起来只会开心,有时还会大笑。

照片中的娃娃,看上去很怕人,好似是一种巫术的用具。其实它们不过是印地安人手织的老布,穿旧了,改给小孩子玩的东西。

○ 印地安人的娃娃 ○

　　南美的赶集，是一场又一场奇幻的梦。睡在小客栈中，不到清晨四点吧，就听见那一群群的人来啦！我从旅社的窗口去看那长长的队伍，那些用头顶着、用车拉着、用马赶着而来卖货的印地安人，那挤挤嚷嚷的嘈杂声里，蓬蓬勃勃的生命力在依旧黑暗的街道上活生生地泼了出来一般叫人震动。也许，前世，我曾是个印地安女人吧，不然怎么看见这种景象，就想哭呢？

逛市集是逛一辈子也不会厌的，那里面，不只是货品，光是那些深具民族风味的人吧，看了就使人发呆。他们，太美了，无论男女老幼，都是深刻的。

特别喜欢印地安人的小孩，那种妈妈做生意时被放在纸箱子里躺着的小婴儿。有一次在玻利维亚，看上了一个活的小女孩，才七八个月大，躺在纸盒里瞪着我，很专注地盯住我看。那双深黑的大眼睛里，好似藏着一个前生的故事。我每天走路去看那个街头的婴儿，一连看了十几天，等到要走的那天，我盯住婴儿看，把她看进了我的灵魂，这才掉头大步走去。

带回台湾来的是三个布娃娃，布娃娃做的是母子型，母亲抱着、背着她们心爱的孩子。

有趣的是，那个价格，如果母亲之外又多做了一个孩子，就会卖得比较贵。

照片中左边的母亲抱了一个男孩，右边的母亲抱着一个比较大的女儿，背后还绑了另一个更小的，做得太松了，背后那个小孩子的头，都吊垂着了。是秘鲁老城古斯各得来的。

一共带回来三个，其中之一，送给了史唯亮老师的孩子——史撷咏，也是一位作曲家。

今年，在金马奖的电视转播上看见史撷咏得奖。当时，为他快乐得不得了，同时想起，那只送他的印地安娃娃，还被他保存着吗？

57

再看你一眼

一件衣服,也可以算是收藏吗?

不,应该不算收藏。它,是我的宝贝之一。

我的女友巴洛玛,在西班牙文中,她名字的意思,就是"鸽子"。

巴洛玛是我去撒哈拉沙漠时第一个认识的女朋友,也是后来加纳利群岛上的邻居。她的先生夏依米,是荷西与我结婚时的见证人。

大漠里的日子,回想起来是那么的遥远又辽阔,好似,那些赶羊女子嘹亮的呼叫声还在耳边,怎么十多年就这么过去了。

当时,留在沙漠的西班牙人,几乎全是狂爱那片大地的。在那种没有水、没有电、没有瓦斯、没有食物的地方,总有一种东西,使我们在那如此缺乏的物质条件下,依旧在精神上生活得有如一个贵族。

巴洛玛说过,她死也不离开沙漠,死也不走,死也不走。

○ 再看你一眼 ○

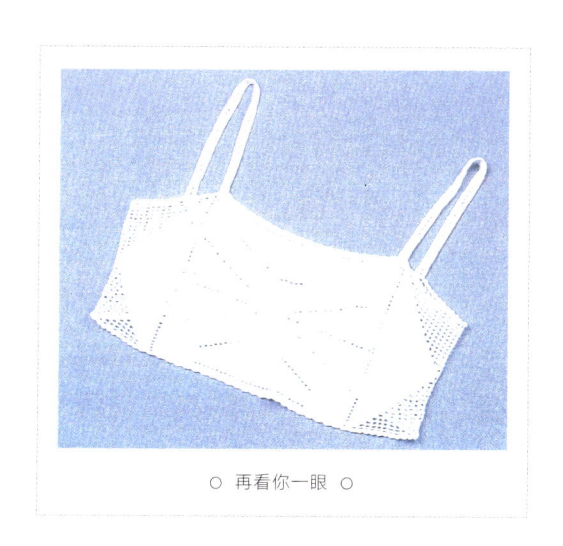

结果我们都走了,为着一场战争。

离开了非洲之后,没有再回去过,而命运,在我们远离了那块土地以后,也没有再厚待我们。三年的远离,死了荷西。多年的远离,瞎了巴洛玛。

已经出版的书里,有一篇《夏日烟愁》写的就是巴洛玛和她家人的故事。

在巴洛玛快瞎之前,她丈夫失业已经很久了。她,天天用钩针织衣服,打发那快要急疯了的心乱。有一天,她说要给我钩一件夏天的白衣服,我并不想一件新衣服,可是为着她的心情,我想,给她织织衣服也好,就答应了她。

巴洛玛是突然瞎的,视神经没有问题,出了大问题的是她因为家里存款眼看就要用光而到处找不到事做的焦忧。

在那之前,她拼命地替我赶工钩衣服,弄到深夜也不肯睡。有一天前襟钩好了,她叫我去比一比尺寸,我对她说:"不要太赶,我不急穿。"她微微一笑,轻轻地说:"哦,不,我要赶快赶快,来,转过身来,让我再看你一眼!"

我说:"你有得看我了,怎么讲这种奇怪的话呢?"

巴洛玛怪怪地笑着,也不理会我。

这件照片中的衣服,三四天就钩好了,我带着这件衣服回台湾来度假。等到再回加纳利岛上去时,邻居奔告我,说巴洛玛瞎了,同时双腿也麻痹了,被丈夫带回西班牙本土属于巴洛玛的故乡去。

那以后的故事,在《夏日烟愁》里都写过了,是一篇悲伤的散文,我喜欢文中的那个村落和人物,可是我不喜欢我心爱的女友瞎了。

后来,寄了几次钱去,他们音讯少。一年来一封信,写的总是失业和那不肯再看东西的一双眼睛。

我珍爱着这件衣服,胜于那只公元前十四世纪的腓尼基人的宝瓶。在心的天平上,有什么东西,能够比情来得更重呢?

请看看清楚,这一针又一针密密紧紧的棉线,里面钩进了多少一个妇人对我的友爱和心事。

58

遗 爱

这张照片上一共摆了四样小东西。

那么普通又不起眼的手链、老别针、坠子，值得拍出照片来吗？

我的看法是，就凭这几样东西来说，不值得。就故事来说，是值得的。

先来看看这条不说话的手链——K金的，上面两片红点。一小块红，是一幅瑞士的国旗；另一块，写着阿拉伯数字13。

由这手链上的小东西，我们可以看出来，这手链原先的主人，很可能是个瑞士人，而且她是不信邪的。13这个在一般西洋人认为不吉祥的数字，却被她挂在手上。

这条链子的主人，原是我的一个好朋友鲁丝，是一个瑞士人。

鲁丝不承认自己酗酒，事实上她根本已是一个酒精中毒的人，如果不喝，人就发抖。

○ 再看你一眼 ○

　　试着劝过几次,她不肯承认,只说喝得不多。酒这东西,其实我也极喜爱,可是很有节制,就算喝吧,也只是酒量的十分之三四就停了,不会拿自己的健康去开玩笑。

　　当鲁丝从医生处知道她的肝硬化已到了最末期了时,看她的神情,反而豁达了。对着任何人,也不再躲躲藏藏,总之一大杯一大杯威士忌,就当着人的面,给灌下去。

　　每当鲁丝喝了酒,她的手风琴偏偏拉得特别的精彩。她拉琴,在场的朋友们就跳舞。没有什么人劝她别再喝了,反正已经没有救的。

　　有时候,我一直在猜想,鲁丝是个极不快乐的人。就一般而言,她不该如此不要命地去喝酒,毕竟孩子和经济情况,都不算太差的。可是她在自杀。

那个医院,也是出出进进的。一旦出了院,第一件事就是喝酒。她的丈夫喝得也厉害,并不会阻止她。

不记得是哪一年了,十月二十三日那一天,我跑去看鲁丝,当时她坐在缝衣机面前车一条床单的花边。去看她,因为十月二十六日是鲁丝的生日。拿了一只台湾玉的手环去当礼物。

"玉不是太好,可是听说戴上了对身体健康是有用的。"我说。

鲁丝把那只玉手环给套上了,伸出手臂来对我笑笑,说:"我喜欢绿色,戴了好看,至于我的病嘛——就在这几天了。"

我看着鲁丝浮肿的脸和脚,轻轻问她:"你自己知道?"

她不说什么,脱下腕上这条一直戴着的手链交给我,又打开抽屉拿出一个金表来,说:"只有这两样东西可以留给你,我的长礼服你穿了太大,也没时间替你改小了。"

我收了东西,问她:"你是不是想喝一杯,现在?"

鲁丝对我笑笑。我飞奔到厨房去给她倒了满满一杯威士忌。

她睨了我一眼,说:"把瓶子去拿来。"

我又飞奔去拿瓶子,放在她面前。

鲁丝喝下了整瓶的烈酒,精神显得很好。她对我说:"对希伯尔,请你告诉他,许多话,当着尼哥拉斯在,长途电话里我不好说。你告诉他,这房子有三分之一应当是他的。"

希伯尔是鲁丝与她第二任丈夫生的孩子，住在瑞士，我认识他。鲁丝是住加纳利群岛的。

"还有什么？"我把她的手链翻来覆去地玩，轻轻地问她。

"没什么了。"她举举空瓶子，我立即跑去厨房再拿一瓶给她。

"对尼哥拉斯和达尼埃呢？"我问。

"没有什么好讲了。"

我们安静地坐着，海风吹来，把一扇窗啪一下给吹开了。也不起身去关窗，就坐着给风刮。鲁丝一副沉思的样子。

"Echo，你相信人死了还有灵魂吗？"她问。

我点点头，接着说："鲁丝，我们来一个约定——如果我们中间有一个先死了，另外一个一定要回来告诉一下消息，免得错过了一个我们解也解不开的谜。"

"先去的当然是我。"鲁丝说。

"那也未必，说不定我这一出去，就给车撞死了。"我说。

鲁丝听我这么说，照着西班牙习惯敲了三次木桌子，笑骂了一句："乱讲的，快闭嘴吧！"

"你——这么确定自己的死吗？"我问。

鲁丝也不回答，拿了瓶子往口里灌，我也不阻止她，好似听见她的心声，在说："我想死、我想死、我想死……"

我陪伴着鲁丝静坐了好久，她那坐轮椅的丈夫，喝醉了，在客厅，拿个手杖举到天花板，用力去打吊灯，打得惊天动地。

我们不去睬他。

"好了,我出去扫玻璃。"我说。

鲁丝将我一把拉住,说:"不去管他,你越扫,他越打,等他打够了再出去。"

我又坐下了,听着外面那支手杖砰一下、砰一下的乱打声,吓得差一点也想喝酒了。

"不要去听他,我们再来讲灵魂的事。"鲁丝很习惯地说。我好似又把她的话听成"我想死"。

"好,鲁丝,如果你先死,我们约好,你将会出现在我家客厅的那扇门边。如果我先死,我就跑来站在你的床边,好吗?"

"如果我吓了你呢?"

"你不会吓倒我的,倒是他——"我指指外面。

我们两个人开始歇斯底里地笑个不停。

"喂,鲁丝,我在想一个问题。"我说。

"你怕我鬼魂现不出来?"

"对!我在想,如果蚊子的幼虫——产卵在水里的,一旦成了蚊子,就回不到水里去。我们一旦死了,能不能够穿越另一个空间回来呢?这和那个蚊子再不能入水的比方通不通?"

"等我死了再说吧!"鲁丝笑着笑着。

我跑到厨房去拿了一个干净杯子,倒了少少一点酒,举杯,跟鲁丝干了。出去安抚一下她的丈夫,把打碎的玻璃给扫干净,就回去了。

十月二十六日,鲁丝的四十五岁生日整,她死了,死在沙发上。

当我得到消息时,已是十月二十七日清晨六点多。鲁丝的孩子,达尼埃,跑来敲窗。我们听说鲁丝死了,先生和达尼埃开车走掉了。他们去镇上找医生,要把医生先拖来,才把这个消息告诉那个心脏不好又还在睡觉的丈夫尼哥拉斯。

我,当然睡不下去了,起身把床单哗地一抖,心中喊着:"鲁丝、鲁丝,你就这么走了,不守信用的家伙,怎么死了一夜了,没见分明呢?我们不是最要好的朋友吗?"

这么在心里喊着不过几秒钟吧,听见客厅和花园之间的那副珠帘子,重重地啪一下打在关着的木门上。我飞跑出去看,那副珠帘又飞起来一次,再度啪一下打到门上,这才嗒、嗒、嗒、嗒、嗒地轻轻摆动,直到完全停止。

我呆看着这不可思议的情景,立即去检查所有的门窗,它们全是夜间关好的。

也就是说,门窗紧闭的房子,没有可能被风吹起那珠子串着的门帘,那么,那飞起来击打着木门的力量是哪里来的?

"鲁丝,这不算,你显出来呀!我要看你。"我对着那片客厅的门叫喊。

整个的房子,笼罩在阴气里,空气好似冻住了。我,盯住那个约好的方向看了又看。

再没有什么动静了。

那时，我发觉还穿着睡袍，匆匆忙忙换上牛仔裤，这才往尼哥拉斯住的上一条街跑去。

鲁丝的死，是她自己求来的，只在下葬的那一霎间，我落了几滴泪，并不太意外，也不很伤心。

后来，鲁丝的金表，我转交给了她的孩子达尼埃，这串手链一直跟着我。

我猜想，鲁丝灵魂的没有显出来给我看，不是不愿，而是不能。不然，我们那么要好，她不会不来的。

而那珠帘拍门的情景，算不算鲁丝给我的信号呢？

照片中另外三样东西，那个别针、两个坠子，都是朋友们给我的。

给的时候，都说是存了半生的心爱物品。一听说是他人心爱的，总是推却，不肯收，那三个人，好似被一种东西迷住了似的，死命要给我。

收下了。不到三五年，这三个朋友也都以不同的方式离开了这世界。

好似，在他们离开以前，冥冥中，一种潜意识，想把生命中的爱，留下给我——于是给了我这些佩戴的饰物。

对于死亡，经过这些又一些人，倒使我一直在学习，学习人生如幻的真理。

59

受难的基督

　　这个如同手掌一般大的石膏彩像静静地躺在一家小杂货铺中。

　　那时，我在南美的玻利维亚。

　　长途旅行的人，就算是一样小东西吧，都得当心，不然东买西买的，行李就成了重担。

　　起初，走过这家杂货铺，为的是去买一小包化妆纸，店中回答我说没有这东西。我谢了店家，开始注视起这个十字架来。

　　一般时候，每当看见耶稣基督被挂十字架时的情况，心里总是饱胀着想恸哭的感觉。

　　又有一次，在哥伦比亚首都的山顶教堂里，看见如同真人一般大小的塑像，塑出来的耶稣正被他身上背着的大十字架压倒在地上，一膝跪下了，头上戴着的荆棘刺破了他的皮肤，正在滴血，对着那副塑像，我曾经下跪，并且流下了眼泪。我知道，在我的心里，是很爱很爱耶稣的。

○ 受难的基督 ○

这一回的玻利维亚，这一个塑像中的耶稣，连身体都不完整，只是象征性地挂着双手和半个躯体。感人的是，在那副为着替世人赎罪而死的十字架下面，被放坐着一个十分自在又微胖的人，在耶稣的十字架正下方，又放着一匹小驴子。这两样东西，人和驴，好似因为十字架的救赎而得到了一份平静和安详。

很喜欢世人如此解说十字架的意义，而它并不是一种游客的纪念品，那是当地人做了，卖给当地人的。

那时候，我的行李中，能塞的东西，可能只有蚂蚁了，所以注视了这个十字架很久，没有买下来。

最后再去看这家小铺子的时候，那个店家对我说："那你就买下了吧！不占空间的。"

我想了一会儿，先买了一个新的手提袋，这才买下了我的耶稣。将这塑像放在空空的手提袋中，心情特别的好。

这么一来，它就一路跟回了台北，至今还站在我的书架上呢。

○ 小偷、小偷 ○

60

小偷、小偷

又来了一幅挂毡。

所有的挂毡都是手工的,有些是买来的,有些自己做。另外三块极美的,送了人,照片里就看不到了。

我喜欢在家中墙上挂彩色的毡子。并不特别喜欢字画。总以为,字画的说明性太强烈,三两句话,道尽了主人的人生观,看来不够深入,因此在布置上尽可能不用文字。

这幅挂毡本身的品质比起以后要出来的一幅,实在是比不上的,只是它的故事非常有趣。

一次长途飞机,由东京转香港,经过印度孟买停留的那四十五分钟,乘客可以下机到过境室内去散散步。

我因为在飞机上喝橘子水,不小心泼湿了手,很想下飞机去机场内的化妆间把手好好地清洗一遍,免得一路飞去瑞士手上黏嗒嗒的。

那班飞机上的乘客,大半是日本旅行团的人,不但如此,可以说，全是女人。

当我走进孟买机场的化妆室时，看见同机的日本女人，全都排成横队，弯着腰，整齐一致地在那儿——刷牙。

看着这个景象，心中很想笑，笑着笑着，解下了手表，放在水池边，也开始洗起手来。

就因为那一排日本人不停地刷牙，使我分了心。洗好手，拿起水池边的手表，就走出去了。

没走几步，只听得一个年轻的日本女人哇的一声叫喊，接着我的肩上被五个爪子用劲给扣住了。

我回过身去，那个女人涨红了脸，哗哗地倒出了一大串日文。我看那来人神色凶猛，只知道用一句日文去回她："听不懂呢——听不懂。"

她以为我装傻，一把将我握在手上的表给抢了去，那时，我用英文说了："咦！那是我的表呀！"

她也用英文了，叫我："小偷！"

那时候，她旅行团中的人开始围了上来。我突然明白了一些事，就想抢回那女人手中的表来看一看。因为当时话也不大通，顺手一把，闪电似的又把那手表抢了回来，等到大家都要打起来了的时候，证明了一件事——那只表不是我的，是我错拿了别人的表。

难怪叫人小偷。赶快把那只表双手奉还，还拼命学日本人向那位小姐鞠躬。

至于我脱下的那只表呢？明明好好地放在长裤口袋里。

就因为那批人一直刷牙、一直刷牙，教人看呆了，才下意识地抓错了别人的表。

归还了日本小姐那只属于她的表，一直用英文解释，她不知是懂是不懂。我掏出自己的表来给她看，想说清楚。这时候，一个围观的日本老女人吸一口气，惊叹地说："啊——还拿了另外一只呢。"这句话我听得懂，涨红了脸，无以解释，赶快跑掉了。

等到这一批乘客和我，都在等候着再度上机，向瑞士飞去时，她们一致怒目瞪着我，那种眼光，使人坐立不安。

在没有法子逃避这群人的注视时，我只有转身去了机场的礼品店。心中同时在想，那批当我小偷的女人，一定想："现在她又去偷礼品店啦！"

就在这种窘迫的心理下，胡乱选了一幅印度手工的小挂毡，算做杀时间。

那时，乘客已经登机了。

店主好意要给我一个袋子装挂毡，为了赶时间，我说不必了，拿起毡子抱在胸前就往飞机的通道跑。

等我在机内穿过那一群群日本女人的座位时，她们紧盯住那条没有包装的毡子看，那一霎间，好似又听到有人悄悄地在说："小偷、小偷，这一回偷了一条挂毡。"

○ 洗脸盆 ○

61

洗脸盆

每次去香港,最最吸引我的地方,绝对不可能是百货公司。只要有时间,不是在书店,就是在那条有着好多石阶的古董街上逛。

古董这种东西,是买不起的,偏偏就有这么一家旧货店,挤在古董街上——冒充。

那家旧货店,专卖广东收集来的破铜烂铁。这对我来说,已经很好啦!

那天是跟着我的好朋友,摄影家水禾田一同去逛街的。

水禾田和我,先由书店走起。有些台湾买不到的书籍,塞满了随身的背包。不好意思叫水禾田替我拿书,一路走一路的重,那个脊椎骨痛得人流冷汗,可是不肯说出来,免得败兴。

走了好多路,到了那家已经算是常客了的旧货店,一眼就看中了这只铜脸盆。

那家店主认识我,讲价这一关,以前就通过了。开出来的价格那么合理，可是我的背在痛，实在拿不动了。

那天没有买什么，就回旅社去了。

等到回了台湾，想起那只当时没买的脸盆，心中很气自己当时没有坚持只提那么一下。又怪自己对水禾田那么客气做什么呢。

好了，又去打长途电话，千方百计找到阿水——我对他的称呼。在电话中千叮万嘱，请他去一趟那家店，把这个洗脸盆带来台湾。

脸盆，过了几个月，由阿水给带来了。我匆匆忙忙跑去接盆，抱着它回家，心中说不出有多么快乐。

这一份缘，是化来的，并不是随缘。

有时想想，做和尚的，也化缘呢，可见缘在某些时候还是可结的。

想到金庸武侠中《笑傲江湖》一书里的那段"金盆洗手"，总觉得这个盆，另有它隐藏的故事。

62

美浓狗碗

照片中的老碗只是代表性地摆了几只。其实,拥有百个以上呢。

在这几只碗中,手拉坯的其实只有一个,可是手绘上去的花样,可绝对不是机器印的。

每当我抱着这种碗回家去,母亲总是会说:"这种碗,面摊子上多得是,好脏,又弄回来了。"

我不理会母亲,心里想:"面摊子上哪有这么好看的东西,根本不一样——如果细心去看。"

前几年,当我在台湾还开车的时候,但凡有一点空闲,就会往台北县内的小镇开去。去了直奔碗店,脸上堆下笑来,祈求那些碗店的主人,可不可以把以前的老碗拿出来给人看看。

这么收来收去,野心大了,想奔到南部去,南部的老店比较多,说不定可以找到一些好东西。

有一次与两个朋友去环岛,但凡村坊铺店,就停车去找碗,

○ 美浓狗碗 ○

弄得同去的朋友怨天怨地，说脚都没地方放了。整个车子地下都是碗和盘。

那些不是精选的，要等到回了台北，才去细品它们。在当时，只要有，就全买。

照片中左边那只反扣着的碗来历很奇特。

环岛旅行，那夜住美浓。

夜间睡不着，因为才十一点多钟。顺着美浓镇内那条大水沟走，穿过一排排点着神明红灯的老住家，看着一弯新月在天空中高高地挂着，心里不知多么地爱恋着这片美丽的乡土。

走着走着，就在大水沟边，一只黑狗对着一只老碗在吃它的晚饭。

看到那只狗吃的碗，怎么样也不肯举步，等在黑暗中，等它吃完了就好拿走。

那只笨狗，以为有人想抢它的食物，恶狠狠地上来凶我，露出了尖尖的白牙。

想了一下，守在那儿不是办法，一来有恶狗，二来主人出来了抓到小偷，不太好看。这么再一想，横穿过水沟，跑到镇上街边，一家售卖日用品的商店已经下了半道门，大概就算打烊了。

我走进去，指着一只全新的大海碗，付了钱，再慢慢晃回去，那时，和我一同旅行的朋友们早回旅社去了，只我一个人。

再回去时，狗不见了，人没有出来，那只被舔得光清的老碗,还在。

我蹲下去,快速地把新碗放在原地,那只旧碗被换了过来。也不敢加快步子,心里吓得要死,步子还像在散步似的。

走了一段路,才敢回了一次头。确定安全了,这才在路灯下,蹲在水沟边,用手掬水,洗起碗来。

回到旅社,又在灯下细细看了。好家伙,淡青色,还是冰纹的。这一喜非同小可,用力去打三夹板,叫靠隔的朋友过来一同欣喜。

那次环岛旅行,跟回来的碗盘多得可以开碗店。有些小型的,拿来当了烟灰缸。

有一日,齐豫到我家里去,看上了她手中的烟灰缸——我的碗。

分了三只小的给她,那时潘越云看了,叫起来:"三毛,我也要你的碗——"

于是我把那些小碗都分了。一面分一面叫:"来!来!还有谁要抢我的饭碗,接了去,这碗饭本人就要不吃了。"

63

擦鞋童

　　那个孩子不过七八岁吧。提着一个小木箱,拖住我的腿不给人走路。

　　我笑看着他,问:"球鞋怎么能擦呢?你自己想一想?"我穿的,就是一双球鞋,而这个小孩子偏偏要替人擦皮鞋。

　　那时我正在玻利维亚的首都——拉巴斯。

　　小孩子不肯走,用眼泪攻势,不讲话,含着一眶泪死命缠住不放。

　　"我不理你哦。"我说,轻轻推开他就走。

　　他又追上来,像打橄榄球一般,往前一扑,又抱住了我的腿。

　　"再追就踢你了,没有礼貌的小孩子。"又讲了一句,可是语气根本不重,警告是重的。

　　"求求你。"孩子说。

　　我看了一下四周围上来的一群群擦鞋童,不敢掏钱只给这一个。这种被饥饿的人群包围的感觉很令人难过,常常,弄得自己吃顿普通的饭菜,都丢不掉那几百只在窗外观望的眼睛。

玻利维亚其实还算很好的,比较之下。

"孩子,我穿的是球鞋,你怎么擦嘛?"

说时,我在街边的长椅上坐了下来,不走了。那时,一个卖冰棒的小贩走过来,我买了好多只,分给四周的擦鞋儿童们吃。至于钱,就是不能给。

"那我擦你的鞋圈好了,求求你。"

"不讲理的孩子,你要多少钱呢?"

"一块美金。"他说。

我不再理他了,自己吃起冰棒来。

等着等着,眼看没有希望了,这个孩子望了我一眼,丢下一句话:"那你别走开哦,我马上回来。"

说完飞跑而去了。

再回来的时候,孩子跑得气喘喘的,斜背的擦鞋箱里,被他拿出来一只可以开合的小盒子。就是照片中那一个。

我"啊"了一声,接过手来,轻轻把那幢如同小教堂一般的盒子打开来。原先以为,里面必然是一座圣像或十字架,没有想到,躲藏在盒子里的居然是三个人正在观看一位斗牛士斗牛。

这样东西非常有趣。里面还有一个太阳呢。

"孩子,你要拿这个来卖给我吗?"我问。

○ 擦鞋童 ○

那个孩子点了一下头，把擦鞋箱在身边一放，就蹲在我膝盖边。

"那你情愿擦鞋圈呢，还是情愿卖这个盒子给我呢？"我问。

"你怎么想？"小孩居然反问一句。

"我想——盒子比较好，你说呢？"

他立即笑了，笑时露出白白的门牙来。

"嗯，我还在想，这个盒子是你的吗？"

"我妈妈的，我爸爸的。"孩子自自在在地说。

"好，那你带我去看你的妈妈。"我说。

"好。"孩子坦荡荡地说。

我们一起走了，我的手臂环在孩子的肩上。

走到几乎出了城,开始爬坡。在那海拔接近四千公尺的世界最高的首都,每走一步,都会喘的,因为不习惯。

爬了好高好高的斜坡,走到一个有着天井的大杂院,里面一个印地安妇人背着一个婴儿蹲在水龙头边洗衣服。

见到她的儿子带了一个外地人来,这妇人立即站了起来,呆望着我,一双手不安地摸了摸粗粗的麻花辫子。

我走上去,向她打招呼,问说:"是你的儿子吗?他要替我擦球鞋呢。"

那妇人很羞涩,连说了好几声对不起。

"这个盒子,是你要卖出来的吗?"我又问。

妇人点点头,又点头。

我笑问她:"那你想要多少钱呢?"

她也说不出,憨憨厚厚地站在我身边,头低低的。

看着这一位印地安妇人,我的心里掠过一丝似曾相识的温柔。掏出了口袋中的票子,塞在她手中,她呆在那儿,说不出什么话。

"那我谢谢你,小盒子就算买下了。"

再深看了那妇人一眼,我拉起她孩子的手,对他说:"走,我们赶着黄昏以前再进城去,这一回,你可不能弄错了,那些穿球鞋的游客,不必上去抱住脚了。"

64

小船 ECHO 号

这只小船放在橱窗里,我每天去邮局,就会经过它。

那时,住在大西洋中一个美丽的海岛上,叫做丹纳丽芙。那是先生第一次做"海边景观工程",心情上非常愉快。我们的工程,是做出一大片人造海滩来,给游客多一个去处。

在那时候,我一直是扎辫子的。全十字港的店铺大半认得我,因为那一带可以说中国人是极少的。

有一天,又经过这家卖小木娃娃的商店,在里面逛着逛着,那位店员小姐突然说:"喂,你看,这个娃娃也绑辫子咓,跟你好像。"

我一把将娃娃拿起来,看见船底贴着一小片金色纸,上面写着:"MADE IN TAIWAN"。发觉是自己故乡来的东西,这才笑着说:"真的很像。"

那天晚上吃饭,我就去跟先生讲这个划船的娃娃,又讲了什么台湾、什么外销、什么东、什么西的,胡闹讲了好一些闲话,就去床上看书去了。

那一阵我正热心学做蛋糕,每天下午烤一个出来,自己怕胖不吃,是做来给先生下班吃的。

每天做出不同的蛋糕,变来变去,先生很幸福的样子,每次都吃得光光的。

就在我讲了那个娃娃船没几天以后,照例在下午去开烤箱,那个烤箱里,稳稳地坐着这条船。我抓起来一看,那个娃娃的脚底给画上了圆点点,小船边是先生工工整整的字迹,写着:一九七八—ECHO 号。

我笑着笑着,用手使劲揉面粉,再跑到教我做蛋糕的比利时老太太家去,借了一个鱼形图案的模子来。

那一天,先生下班回来时,我也不说什么,低头去穿鞋子,说要一个人去散步啦!

那个饭桌上,留着一条好大的鱼形蛋糕,旁边的 ECHO 号静静地泊着。

等我从图书馆借了书再走回家时,先生睁大了眼睛对我说:"了不得,这艘小船,钓上来好大一条甜鱼,里面还存着新鲜奶油呢。"

○ 小船 ECHO 号·邻居的彩布 ○

65

邻居的彩布

这条印度绣花的彩布,原是我一个德国邻居的。那位太太说,是印度店里看到好看,才买了下来。可是回到了家里,东摆摆,西放放,怎么都不合适。

说时,这条彩布被她丢在洗衣篮子里面,很委屈地团着。

我将它拉出来,顺手折成一个三角形,往肩上一披,笑问她:"如何?"

她还没有回答呢,我又把这块布一抖,在腰上一围,叫着:"变成裙子啦!"

那个金发的太太笑着说:"没有办法,你是东方的,这种东西和色彩,只能跟着黑发的人走,在我家里它就是不称。"

我对她说:"这不是拿来做衣服的,不信你试试看,挂在墙上、披在椅背上、斜放在桌子上,都是好看的。"

"那也是该在你家。"她说。

于是我拿走了这块彩布,回到家中。顺手一丢,它就是活过来了。图案上的四只鸟雀好似在我的家里唱起歌来。

我跑回去对那位德国太太说:"你讲得真不错,它在我家很贴切,那就让给我了吧。"

我们当场交易金钱,于是又多了一样并不是偶然得来的彩布。

这块彩布非常有生命力,但凡一个普普通通的家,只要它一出现,气氛就不同了。

而今,这块彩布正搭在我现住小楼的一个单人沙发上。

如果说,今生最爱的东西有哪些,我想,大概是书籍和彩布了。

这样的彩布,大大小小,包括挂毯,一共快有二十条呢。

66

酒　袋

　　照片上的皮酒袋在西班牙也并不是那么容易买到的。一般来说，另一种软皮浅咖啡色，上面印着跳舞女人或斗牛画面的，在土产店随处可见。并不爱那种有花的，嫌它太游客味道。

　　这种酒袋的用途，往往是在旅行或野餐时没有杯子的情况下带去的。当然打猎的季节，或是一场街头庆典，人和人之间传着喝，也是它的功用。

　　要考验一个人——是不是很西班牙透了的，只看那人如何由酒袋中喝酒，就得二三。

　　这种酒袋的喝法是如此的：打开盖子，用双手将酒袋举向自己的面前，把手臂完全伸直，用手轻轻一挤，袋中的酒，便如水枪一般射入口中，喝够了时，将双手轻轻向外一举，酒便止了。

　　初学的人，手臂不敢伸直，酒对不准口腔，往往把整张脸加上衣服前襟，都弄湿了，还喝不到一口。在用酒袋的技术上，我是前者。

之所以半生好酒，和西班牙脱不了关系。

学生时代，住在马德里大学城的书院，每日中午坐车回宿舍用午餐时，桌上的葡萄酒是不限制的。在那个国家里，只喝白水的人可以说没有。一般人亦不喝烈酒，但是健康的红酒、白酒是神父和修女，甚至小孩子也喝的东西。

就是这种自然而然的环境，使我学会了喝酒，而且乐此不疲，也不会醉的。

有一次在宿舍电视上观看七月七日西班牙的大节庆——北部古老的城市巴布隆纳举行的圣·费明。那一日，雄壮的公牛，被赶到街上去撞人，人群呀，在那批发疯的牛面前狂跑。如果被牛角顶死了，或被踩伤了，都是活该。

也是在那场电视里，第一次看见，满街唱歌的、跳舞的，在挤挤嚷嚷的人群里，传递着这种酒袋。认识，不认识，一点也没关系，大家喝酒并不碰到嘴唇，方便、有趣又卫生。

深爱西班牙民族的那份疯狂和亲热，人与人的关系，只看那一只只你也喝、我也喝的酒袋，就是最好的说明。

电视上看到的酒袋，全是又古又老，黑漆漆的，而土产店中找不到这种东西。

有一年，还是做学生的时代，月底姐姐给寄来了十块美金。收到那笔意外的财产——对，叫它财产，赶快跑去百货公司看裙子。当年，对于一个穷学生来说，十块美金可以做许多事情，

○ 酒袋 ○

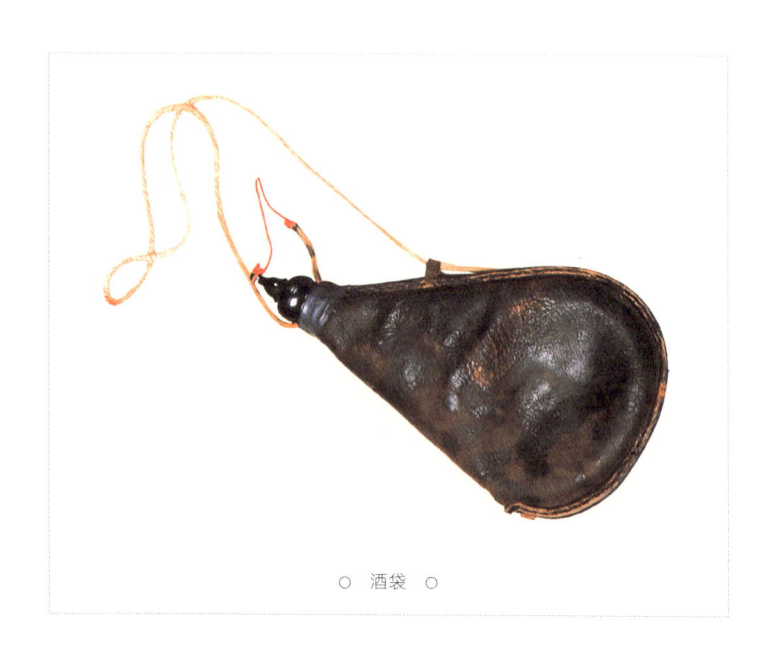

例如说：买一条裙子、换一个皮包、去做一趟短程的旅行，或者用它来拔掉一颗长斜了的智齿。

结果没有去拔牙，忍着。也没有买新衣服，省着。当然，拿了这十块钱，坐火车，奔向古城赛歌维亚，做了一日之游。

就在赛歌维亚的老广场上，挂着这好多只黑色的酒袋。惊见它那么容易地出现在眼前，真有些不能相信。那时候年纪轻，对什么都比较执著，再看绕着酒袋的竟是一股粗麻绳时，爱悦之心又加了许多，立意要把它买下来。

买个酒袋也不是那么简单的。付完了钱,店主把人叫进店里面去,开始教我怎么保养它,说,先得用白兰地酒给倒进去,不停地晃很久很久,再把酒倒出来——那时里面塞缝的胶也可以跟着洗干净了。以后的日子,无论喝是不喝,总得注满了葡萄酒,那酒袋才不会干。

买下了酒袋,吃了一点东西,没了回程的车钱。这倒也很容易,那天傍晚,坐在一辆大卡车司机的位子旁回到马德里——搭便车的。

许多许多年过去了,这个皮酒袋总是被照顾得很当心。即使人去旅行时,放在西班牙家中的它,总也注满了酒挂在墙上。

倒是这一次回到台湾来之后,一直让跟回来的它干干地躺在箱子里。总想,有时间时,上街买一瓶好葡萄酒去浸软它,而时间一直不够用,这个应当可以用一辈子的东西,竟在自己的国土上,一日一日干扁下去。就如我的人一般,在这儿,酒也不大喝了,因为那种苦苦涩涩的葡萄酒并不好找。在这儿,一般人喝的葡萄酒,不是太甜就是酸的。

由一个酒袋,几乎想扯出另一篇《酒经》来。

每看台湾电视上,大富人家喝洋酒时,将杯子用错,心里总有一丝好奇和惊讶——我们的崇洋心理不减,可是又不够透呀。

67

妈妈的心

去年春天,我在美国西雅图附近上学,听说住在台湾的父母去泰国旅行,这一急,赶快拨了长途电话。

泰国其实全家人都去过,因为它的异国风情太美,总有人一有机会就去走一趟。我的父母也不是第一次去,可是他们那一回要去的是清迈。

照片中的项圈在台北就有得买,只是价格贵了很多。看了几次都没舍得买,倒是齐豫,唱《回声》的她,在台湾南部一同旅行时,很慷慨地借了好几次给我挂。那是前年,赴美之前的事情了。

听说妈妈要去清迈,那儿正好是这种项圈出产的地方,当然急着请求她一定要为我买回来,而且要多买几副好放着送人。

长途电话中,做女儿的细细解释项圈的式样,做母亲的努力想象,讲了好久好久,妈妈说她大概懂了。

启程之前,母亲为着这个托付,又打了长途电话来,这一回由她形容，我修正，一个电话又讲了好久好久。

等到父母由泰国回来了时，我又打电话去问买了没有，妈妈说买了三副，很好看又便宜，比台北价格便宜了十八倍以上，言下十分得意，接着她又形容了一遍，果然是我要的那种。

没过几天，不放心，又打电话去告诉妈妈：这三副项圈最好藏起来，不要给家中其他的女人看到抢走了。妈妈一听很紧张，立即保证一定密藏起来，等我六月回来时再看。

过了一阵，母亲节到了，我寄了一张卡片送给伟大的母亲，又等待在当天，打电话去祝福、感谢我的好妈妈。正想着呢，台湾那边的电话却来了，我叫喊："母亲节快乐！"那边的声音好似做错了事情一样，说："妹妹，项圈被姆妈藏得太好了，现在怎么找都找不到，人老了，容易忘记，反正无论如何是找不到了——"

我一急，也不知体谅人，就在电话里说："你是个最伟大的妈妈，记性差些也不要紧，可是如果你找得出那些项圈来，一定更有成就感，快快去想呀——"

那几天，为了这三副项圈，彼此又打了好几回电话，直到有一天清晨，母亲喜出望外的电话惊醒了我，说：找到了。

"好，那你再去小心藏起来，不要给别人抢去，下个月就回来了。"我跟母亲说。

等我回到台湾来时，放下行李，立刻向母亲喊："来看，拿出来给看看，我的项圈——"

○ 妈妈的心 ○

听见我讨东西，母亲轻叫一声，很紧张地往她卧室走，口中自言自语："完了！完了！又忘了这一回藏在什么地方。"

父亲看着这一场家庭喜剧，笑着说："本来是很便宜就买来的东西，给你们两个长途电话打来打去，价格当然跟着乱涨，现在算算，这个电话费，在台北可以买上十个了。"

说时，妈妈抱着一个椅垫套出来，笑得像小孩子一样，掏出来三副碰得叮叮响的东西。

我立即把其中的一副寄了去美国，给了我的以色列朋友阿雅拉，另外两副恰好存下来拍照片。

上两个月吧，新象艺术中心又叫人去开会，再三商讨歌舞剧《棋王》的剧本。我穿了一件大毛衣，挂上这条项圈，把另一个放在大信封里。

当我见到担任《棋王》歌舞编排的莘劳伦斯·华伦时，我把信封递上去吓她，果然给了这位美丽的女子好一个惊喜。当她上来亲吻我道谢时，我将外套一拉，露出自己戴着的一条，笑喊着："我们两个一样的。"

莘劳伦斯指着我的大毛衣笑说："你看你自己，好不好玩？"

一看自己，毛衣上织着——"堪萨斯城·美国"几个大字。那条清迈的项圈安安稳稳地贴在圆领衣服上，下面的牛仔裤买自士林，长筒靴来处是西班牙，那个大皮包——哥斯达黎加，那件大外套，巴黎的。一场世界大拼盘，也可以说，它们交织得那么和谐又安然，这就是个我吧。

只留了一条下面铸成心形的项圈给自己，那是妈妈给的心，只能是属于孩子的。

68

不向手工说再见

我们先看这张照片下面的那条粗麻淡色宽带子——它的来处，是西班牙南部的哈恩省。

这种带子，完全手工织做的，用来绑在驴子的身上，由驴背绕到驴肚子，中间穿过一个鞍子，给人骑时安稳些，不会滑来滑去。

当我那一年，由撒哈拉沙漠飞去丈夫的舅舅家度假时，吵着舅舅带我去看这种做马鞍、驴鞍的工匠店。舅舅笑着说，这种店铺实在等于没有了，在一般人都开汽车的今天，谁会去养一匹马或驴子来驮东西呢。

禁不起我的纠缠，那个好舅舅带着我到一个又一个酒吧去喝酒，一面喝一面打听什么地方还有这种匠人。半大不小的城里，打听消息最好的方法就是去酒吧。在那儿，什么事情都有人晓得，比报纸的广告有效得多。

弯来弯去绕到黄昏，才在一条涂得雪白的长墙角下，找到

○ 不向手工说再见 ○

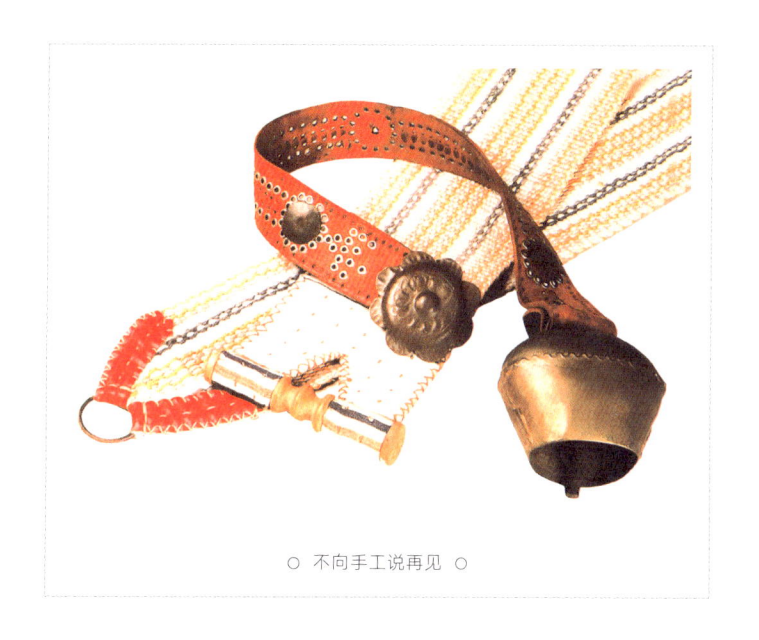

了一家半开的店铺。说它是个店铺吧，不如说是一家工作室。一个弯着腰的黑衣老人，坐在门口，手中拿着好结实的麻线，不用机器，一针一针在钉这种带子，好似早年的中国人纳布鞋底一般。

　　我远远地站住了脚，把那白墙、小店和老人，看了个够，却不举照相机。舅舅和我站着看，这个匠人低低地喊了一声："午安！"

　　看那墙上挂满了的手工品，想到那位伟大的散文诗作家——璜拉蒙·希美纳斯的那本叫人一读首篇就会哭的书——《灰毛驴与我》，我轻轻地摸过一副皮革的小鞍子，眼前一匹温柔的小毛驴就浮现出来了。

　　"这副鞍子可不可以卖给我？大概多少钱？"缓缓地问，尽可能地柔和，对待这位老人。说时，一直看他那双粗糙极了的手。

"啊——不卖的，这是今生最后一副了。老了，做不动了。"老人沙哑地说，并不抬头。

"没有人跟您学手艺吧？"我说。

"这个时代？难啰！年轻人学这个做什么？"

"那您收不收我做徒弟？好心的，您收不收？"我蹲在这老人面前轻喊起来，双手扑在他的膝盖上。

老人听不懂似的盯住我，眼神里有一丝强烈的东西一闪，又不见了。接着他将视线投射到我的手上去。

"我的手很细，可是能够训练的，我会吃苦，肯吃苦，也会有耐性，您收不收呀？"还是趴在这位老人面前不肯起来。

舅舅在一旁看戏，他一直笑一直笑，我回过身去，向胖胖的他——呀了一声。

"好啦！起来吧！我们买一条这种带子，就走啰！"舅舅说。

老人，拿下了照片中这条带子，没有叫我付钱，一定不肯收钱，说要送给我。

"我——"我说不出什么话来。

"在这种时代，还有你这么爱手工的人，就算做个朋友吧！钱！算什么鬼东西，呸！"老人说着说着，把一口烟草给呸了出来。

那个晚上，我的丈夫也来到了舅舅家，来接我同去马德里。把这条带子给他看，又讲起那副漂亮得令人心痛的马鞍，这一回轮到丈夫喊了："明天再去问他收不收徒弟，我们两个一起去学，免得这种手艺失传了。"

同一张照片上摆着的一条皮带，是我在撒哈拉沙漠中闲时无聊做的手工。原先买来的本是一条宽皮带，边上有着花纹。后来闲着不忙，心里不舒服，就托人去西班牙本土买了好大一包打皮鞋洞的铜扣，把这条皮带打出了好多小洞洞。那个皮带铜扣，是先做木头的模，再盖上铜片，把花纹打出来的。这个，是丈夫的手工。

做好了皮带之后，没怎么用它，也没有丢掉。许多年也就过去了。

有一日，我的邻居送来一个好大的牛铃，是他以前在瑞士时存下的东西。十分宝爱这件礼物，东摆摆，西放放，家中总也找不到一个贴切的角落给它。

就在一个深夜里，翻箱子，翻出了那条当年手做的老皮带，这时灵机一动，跑到车房中去找工具，把皮带环的一边卷过牛铃，成了一副带子。这副带子顺手一挂挂在书架上，就成了一个好画面。

这一回，照片上的东西都跟着我飘洋过海地回到了台湾，它们好似整个世界的融合，在我小小的屋子里，诉说着不分国籍、不分种族的那份平和之爱。

69

天衣无缝

朋友常常笑我,说我的家等于卡夫卡书中的"城堡",轻易不请人去。可说永远也不给人进去,总结一句话:"管得好紧。"

每听这种话,总是笑着说:"嗳,没有碗给你们吃饭呀!"

等到有一次由民生东路的房子移到现在定居的家来时,搬家工人对我说:"小姐,你的碗怎么那么多呀?才一个人。"方才发觉,自己的碗盘实在太多了,如果客人肯用这种粗碗吃饭,请上十几二十个人根本没有问题。

奇怪的是,一直把这些东西看成宝贝,反而忽略了它们的实用价值。这就失之太痴,也不合自然。

后来家居生活中,开始用这种老碗装菜装饭,每用到它们,心里会对自己说:"真奢侈。"那种碗,最好不放白米,加些番薯签进去煮来盛,可能更富田园风味。

就在一个冬天的晚上,想到小摊子上的肉羹面线,深夜里捧了这个大碗,穿一双木屐,把整条安静的巷子踏出咔咔、咔

○ 天衣无缝 ○

咔的回音，跑到好远的夜市去买面。当我把这种大花碗递给老板娘时，她笑着说："呀唷！小姐，我这保丽龙做的碗没有细菌啦，你这种古早碗，看起来就怕死人呢。"

我捧着那碗冒着热气的面线，又一路咔咔、咔咔地走回来。那条巷子，因为加添了这唯一的拖板声，反而更加衬出它的寂静。

照片中的左上方那个蓝花大碗，是在淡水的锅碗店里找到的。那家店陈设的气派很大，由里而外，放满了各色各样的食具——都是现代的。幸好那位老板娘大发慈心，也具文化水准，沟通起来又快又干脆。她，蹲在柜子底下拼命地替我翻，翻出了十几个同样的老碗来。说是同样的并不精确，当年，那些花彩可是手绘的，看似相同，其实细看上去，又没有一只是一样的。也因为这十几个老碗，使我和这家人做了朋友，每去淡水，必然去打个招呼，问候一声才走。

有趣的是，有一年回国，跑到台南新营去看朋友，朋友问我想看什么景色，我说——要看最老的锅碗店，风景不必了。

右下方那一个平平的盘子，就在新营的老店里被朋友和我翻箱倒柜似的大搜索之下，出现了。不是一个，是一沓。

回到台北，把这两组粗陶放在一起，突然发觉它们可以说是天衣无缝的一套。

有那么偶尔的一次，一个女友来我家中做采访，我把这种碗里放满了冰块出来，请她在红茶中加冰。这个女友，看见那个碗，大大地羡慕了我一场，临走时，她说："如果我结婚，什么礼物都不必送，就给我这一套碗和盘。"

当时爱友心切，很希望她快快找到归宿，就说："那你去进行呀！你结婚，就送了。"

自此以后，每次跟这位朋友打电话，总是探问她有没有好消息。朋友说："咦！我不急，你急什么？"

我哪里是急什么别人的婚礼呢。所担心的是，那个女友一旦找到了饭票时，这套碗可得立即送去给她装饭呀！

70

停

有一年夏天回国，全家人一共十六口，挤在大弟的小巴士车里去淡水吃海鲜。

团体行动本来就是拖拖拉拉的，加上我们这十几个人年纪不同，步子跨得不一样，兴趣也不相投，因此走着走着，就散掉了。

说散掉了并不完全正确，反正水果行附近可以捡到妈妈、草藤店内能够拉出姐姐、西装橱窗外站着爸爸、街角稍高的地方可以看见大弟满脸的无可奈何——在数人。

我是属于站在中药铺或者算命摊前面呆看的那种。不然就在庙口打香肠。

这种天伦之乐，其实并不在于团聚，而是到了某个地方，散开去各就各位才叫好玩。

就在好不容易凑齐了大家，要一起冲进那人山人海的海鲜店内去时，大弟开始发卫生筷，我接了筷子，一回头，看见路灯下一辆三个轮子的垃圾车慢慢踏过。那片破烂里,藏着什么好东西?心里灵感一动,就想追上去看个究竟。

那时家人都开始向店里挤进去了。

我跑去追破烂车,大喊一声:"停!"

这个好响的"停"字,一语双用,是对那个踏车子的妇人喊,也对全家人喊的。

"阿巴桑,请把车子停下来,来,我帮你推到路边去。"我向已经下车了的妇人喊。她,茫茫然的,不知挡住了她做什么。

车子才靠边停呢,我已经把那些废纸盒、破木箱、烂鞋子、旧水桶全都给拉到地上去。伸手一拿,一个陶土瓮,落在我的手里。

"还有很多——"我对跟上来的弟妹说。

弟妹把小侄女往电线杆边一放,也上来帮忙淘。大弟气极了,追过来喊:"这么脏的东西,别想用我的车子装回去。"

我们这些女人哪里管他,一个瓮又一个瓮地淘,数了一下,一共十一个,大大小小的。

这时候,街上的年轻人也围上来了,我一急,就喊:"都是我们的,不许动!"

就有一个青色的小瓮,被一个陌生女子一把抢去了。我把它抢回来,说:"这个那么脏,你要它来做什么?"她说:"插花呀!"我说:"可是那是我先看到的。"

这时候,真恨我的家人只在一边观望,只有个小弟妹,伶

○ 停 ○

牙利爪的,护着我。

大弟神经兮兮地说:"骨灰坛子咘——好怕、好怕。"我白了他一眼。

就这么一来,连水果店的老板也跑出来看热闹。我问这个拾破烂的妇人:"这些瓮一起买,多少钱?"

那妇人一时里也开不出价来。我怕旁边的人又来竞争,按住妇人的肩膀,推她,迫她:"快想啦!不会还价,一定给你。"

她笑得好羞涩,说:"一百块不知多不多?也有人向我买过,十块钱一个。"

大弟掏出一百二十块塞给这好心的妇人，我觉得占了她便宜，心里很歉疚，连忙跑到水果店里买了好大一袋橘子补上去。

妇人和我，彼此千恩万谢的，我替她再把那些破烂给堆上车，帮她推一把，她才走了。

"好！你现在是不是拿了这些烂坛子去挤海鲜店？"大弟板着脸。我不敢顶他，赔着笑脸，把这些瓮给寄到水果行去，保证吃了饭出来，一定再去买水果。

那个晚上，全家人走向停车位子去时，每个大人手里都举着一个好脏的瓮和一袋水果。

那十一个瓮，被家中女人们瓜分了。我们家，一向女人比男人胆子大得太多。男人硬说那可能是装骨灰的，女人坚持不过是泡菜。

这一回，写文章时，楼上楼下数了一回，我的收藏不多，不过二十三个普普通通的泡菜坛子，可是看来看去，怎么那样的古朴又大方呢？

图片中的这个中号瓮，是淡水那个"停"字之下，得来的。拿它出来做代表。

细看它左方的侧面，一块无意中的窑变，使得这个坛子凹进去了一小块，这份残缺，不但无损，反而使它更美。

如果要说有关瓮的欣赏，只这家中二十三只不同的瓮，可能三天三夜也看不够、说不完呢。

71

你的那双眼睛

一九八二年冬天,经过北极,转飞温哥华,经过温哥华,抵达了大约生存着一千两百万人口的墨西哥城。

初抵墨西哥的大都会,又可以讲西班牙语,心情上欢喜得发狂,因为不需再用英语了。

对于某些女人来说,墨西哥风味的衣饰可能完全不能适合于她们。可是在台湾,就齐豫和我来说,这种民族风味的东西,好似是为我们定做的一样。

抵达墨西哥,不过是一场长程旅行的首站,以后全部中南美洲都得慢慢去走。而我,身为一个女人,完全忘掉了这场长途旅行绝对不可以犯的禁忌,就是买东西。

当我走在墨西哥城内所谓的"玫瑰区"时,被那些披风、衬衫、裙子、毯子弄得发狂,一心只想尽可能地买个够,至于能不能带着走,谁又去想它呢。

于是,我在挂着布料的小摊子之间穿梭,好似梦游一般东

○ 你的那双眼睛 ○

摸摸、西探探，迷惑在全然的幸福里。这种滋味，在一般百货公司陈列的衣物中，是找不到的。

好在买的衣物不是棉的就是麻的，它们可以折成很小，也耐得住皱。买了一大包东西，不死心，再跑到帘子后面去试一件衬衫。当我穿好衣服，拉开布幔，跑去照镜子的时候，一双深奥含悲的大眼睛，从镜子里注视着我。

我转身，看见了那个专卖铜器的摊位，在那摊位边，坐着一个看上去十七八岁的少年。我盯住他看，眼神交错了一下，彼此笑了笑，可是即使是微笑着，那个少年的黑眼睛里，还是藏着深悲。

他的摊子，完全没有一个人驻脚。

看了一下那堆铜器，打量了一下它们的体积，计算了一下行李的空间，这，就狠心不去看他了。不行，再怎么美吧，也不能买。太占地方了，除非把刚刚买下的衣服全都丢掉。

少年的那双眼神，在那半年艰苦的中南美之旅中，没有释放过我。只因没有买下那个摊子上的铜器，使我背负了那么重的歉疚感一站一站地走下去。

半年之后，旅行已到尾声，重新回到墨西哥城去转机回台。我发觉，如果咬一咬牙，手提行李还可以再加一两样东西。

就这么欢天喜地地往"玫瑰区"奔去。半年了，那个摊子还在，那双少年的眼睛，一样含悲。

我挑了两只紫铜的壶，没有讲价，快快地把钱交给这个少年。那时，我的心，终于得到了一点点自由。我走了，走时，忍不住回过头去，再看他一次。这一回，他的那双眼睛，仍然躲着一种悲伤，于是我想，他的哀愁，和买卖一点关系也没有。

就因为这一回头，反而更难过了。

○ 乡愁 ○

乡　愁

　　二十年前出国的时候，一个女友交在我手中三只扎成一团的牛铃。在那个时代里，没有什么人看重乡土的东西。还记得，当年的台北也没有成衣卖。要衣服穿，就得去洋裁店。拿着剪好的料子，坐在小板凳上翻那一本本美国杂志，看中了的款式，就请裁缝给做，而纽扣，也得自己去城里配。那是一个相当崇洋的时代，也因为，那时台湾有的东西不多。

　　当我接过照片左方的那一串牛铃时，问女友哪里弄来的，她说是乡下拿来的东西，要我带着它走。摇摇那串铃，它们响得并不清脆，好似有什么东西卡在喉咙里似的，一碰它们，就咯咯地响上那么一会儿。

　　将这串东西当成了一把故乡的泥土，它也许不够芳香也不够肥沃，可是有，总比没有好。就把它带了许多年，搁在箱子里，没怎么特别理会它。

　　等我到了沙漠的时候，丈夫发觉了这串铃，拿在手中把玩了很久，我看他好似很喜欢这串东西的造型，将这三个铃铛，穿在钥匙圈上，从此一直跟住了他。

以后我们家中有过风铃和竹条铃，都只挂了一阵就取下来了。居住的地区一向风大，那些铃啊，不停地乱响，听着只觉吵闹。不如没风的地方，偶尔有风吹来，细细碎碎地洒下一些音符，那种偶尔才得的喜悦，是不同凡响的。

以后又买过成串成串的西班牙铃铛，它们发出的声音更不好，比咳嗽还要难听，就只有挂着当装饰，并不去听它们。

一次我们住在西非尼日利亚，在那物质上吃苦，精神上亦极苦的日子里，简直找不到任何使人快乐的力量。当时，丈夫日也做、夜也做，公司偏偏赖账不给，我看在眼里心疼极了，心疼丈夫，反而歇斯底里地找他吵架。那一阵，两个人吵了又好，好了又吵，最后常常抱头痛哭，不知前途在哪里，而经济情况一日坏似一日，那个该下地狱去的公司，就是硬吃人薪水还扣了护照。

这个故事，写在一篇叫做《五月花》的中篇小说中去，好像集在《温柔的夜》这本书里，在此不再重复了。

就在那样沮丧的心情下，有一天丈夫回来，给了我照片右方那两只好似长着爪子一样的铃。我坐在帐子里，接过这双铃，也不想去摇它们，只是漠漠然。

丈夫对我说："听听它们有多好，你听——"接着他把铃铛轻轻一摇。那一声微小的铃声，好似一阵微风细雨吹拂过干裂的大地，一丝又一丝余音，绕着心房打转。方要没了，丈夫又轻轻一晃，那是今生没有听过的一种清脆入谷的神音，听着、听着，心里积压了很久的郁闷这才变做一片湖水，将胸口那堵住的墙，给化了。

这两只铃铛，是丈夫在工地里向一个尼日利亚工人换来的，用一把牛骨柄的刀。

丈夫没有什么东西，除了那把不离身的刀子。唯一心爱的宝贝，为了使妻子快乐，换取了那副铃。那是一把好刀，那是两只天下最神秘的铜铃。

有一年，我回台湾来教书，一个学生拿了一大把铜铃来叫我挑。我微笑着一个一个试，最后挑了一只相当不错的。之后，把那两只尼日利亚的铜铃和这一只中国铃，用红线穿在一起。每当深夜回家的时候，门一开就会轻轻碰到它们。我的家，虽然归去时没有灯火迎接，却有了声音，而那声音里，唱的是："我爱着你。"

至于左边那一串被女友当成乡愁给我的三个铜铃，而今的土产、礼品店，正有大批新新的在卖。而我的乡愁，经过了万水千山之后，却觉得，它们来自四面八方，那份沧桑，能不能只用这片脚踏的泥土就可以弥补，倒是一个大大的问号了。

73

血象牙

好啦!千等万等,这副血色象牙手镯总算出现了。它在我的饰物中占着极珍爱的一环,有一阵为了怕小偷来偷它,睡觉时都给戴在手上不肯脱下来。

照片,在一般来说,往往比实物来得美丽。这一回照片说了谎,那份光泽、触感、细腻的纹路,甚而银镶的那个接头,在真实的物件里,胜于照片传达的美太多太多。

我有一个朋友,是加纳利群岛上最大的古董商,他不是西班牙人,倒是个印度人。

这个人,与其称他商人,不如叫他是个艺术品的狂人。在他的店中,陈列着的一些古董并不起眼,或说,他根本不把极品拿出来给人看。这位胖胖的中年朋友,只听见欧洲哪儿要举行拍卖会,他就飞去。回来时,如果问收获,他总是笑笑,说没收到什么。

可贵的是,这个朋友,对于我那么那么贫穷的收藏,也

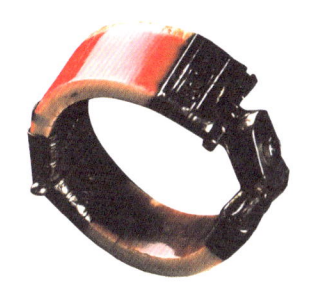

○ 血象牙 ○

不存轻慢之心。只要得了一个破烂货，拿去他店里分享，他总是戴起眼镜来，用手摸摸，拿到鼻尖的距离去看看，然后告诉我——又得了一样不错的东西。

我之喜欢他，也是这份分享秘密的喜悦。

终有一回，朋友关了店，将我带到他的家里去。家，在古老、古老区域的一幢三层楼房里，那幢房子的本身，就是一件艺术品。一个房间的屋顶全是玻璃的，阳光透过玻璃，照着一座座文艺复兴时代的石像、巨大如同拱门的象牙、满盘的紫水晶、满架中古世纪的泥金书籍、满地的中国大瓷花瓶、水晶吊灯、全套古老的银器、几百串不同宝石的玫瑰念珠、几百幅手织的巨大挂毡、可以用手摇出一百多条曲子的大型音乐箱、大理石的拼花桌、两百多座古老的钟、满墙的意大利浮雕……

这些东西，被这位终生不结婚的怪人藏在这一幢宽阔的楼房里。忘了说，他还有文艺复兴时代的伟大画家拉法尔的油画。

当我踮起脚尖在这座迷宫里当当心心地走过时,几乎要把双手也合在胸前,才不会碰触到那堆得满坑满谷的精品。

也只有那一回,起过坏心眼,想拼命去引诱这个人,嫁给他,等他死了,这些东西可以全是我的。后来想想,这个人精明厉害,做朋友最是和气,万一给他知道我的企图,可能先被毒死。

总而言之,我们维持着一种良好的古董关系,每次进城去,只要这位印度朋友又多了什么宝贝,两个人一定一起欣赏、谈论大半天。

去年夏天,我回到岛上去卖房子,卖好了房子,自然想念着这位朋友,去店里看他时,彼此已有三年没见面了。

我们亲切地拥抱了好一会儿,也不等话家常,这位朋友拿出身上的钥匙去开柜台后面一个锁住的保险箱,同时笑着说:"有一样东西,等着你来,已经很久了。"

当他,把这副血色的象牙手镯交在我的手里时,我的心剧烈地跳动起来,而面上不动声色。摸触着它时,一种润滑又深厚的感觉传过手指,麻到心里去。

"银绊扣是新的,象牙是副老的,对不对?"我问。

那个店主笑着说:"好眼力。你买下吧。"

我注视着那副对我手腕来说仍是太大了的手镯,将它套上去又滑出来,放在手中把玩,舍不得离去。

"值多少?"其实问得很笨。这种东西,是无价的,说它一文不值，它就一文不值。如果要我转卖，又根本没有可能。

"象牙的血色怎么上去的？"我问。

"陪葬的嘛！印度死人不是完全烧掉的，早年也有土葬，那是尸体里的血，长年积下来，被象牙吸进去了。"

"骗鬼！"我笑了起来。

"你们中国的玉手环不是也要带上那一抹红，才值钱，总说是陪葬的。"

哪里管它陪不陪葬呢，只要心里喜欢，就好。

那天，我们没有讨价还价，写了一张支票给这位朋友，他看了往抽屉里一丢，双方握了一次重重的手——成交了。

最近在台湾给一个女友看这副精品，朋友说，那是象牙的根部，所以变成血色了。

这倒使我想起另一桩事情来，当我拔牙的时候，牙根上，就不是血色的。这又能证明了象牙的什么呢？

74

不约大醉侠

如果说,朋友的来去,全靠缘分,那么今生最没有一丝强求意味的朋友,就算蔡志忠了。

当蔡志忠还在做大醉侠的时代,我们曾经因为一场机缘,在电话里讲过一次话。那次是他打电话找人,我代接了,对方叫我也一同去吃晚饭,说,是他本人蔡志忠请客。

是好几年前的往事了。那天没有时间去,对于这位漫画作家,就此缘悭一面。

虽然彼此拥有一些共同的朋友,可是并没有刻意想过去认识。总认为:该来的朋友,时间到了自然而来,该去的朋友,勉强得如果吃力,不如算了。

抱着这种无为而治的心情去对待人际关系,发觉,那是再好不过。不执著于任何人事,反倒放心。

就这样过了好几年。每在国内时,翻到蔡志忠的漫画,就去看看,想——某年某月某一天,曾经跟这位作者通过话——

○ 不约大醉侠 ○

心里很快乐。

去年吧,蔡志忠的漫画书——《自然的箫声——庄子说》悄悄地跑到我的书架上来。在封面里,蔡志忠画了一张漫画,又写了:"请三毛,多多多多多多……指教。"

发现他用这种漫画形式表达我心挚爱的哲人,先是一喜。再看见这么谦虚又极有趣的"多多多多多多……指教",心里感动。

打了电话去谢蔡志忠,那是第二次跟他讲话,最后异口同声地说:"我们绝对不刻意约定时间地点见面,一定不约,只看缘分。"

就此真的没有约过。

约的就是——不约。

没过了几天,我回家,母亲奔出来迎接,像孩子一般喊着:"快来看,蔡志忠请人送来一个好古怪的坛子,还附带送来了一大把长长的树枝,妈妈是看不懂,不过你一定喜欢的。"

我往餐厅跑去,桌上放的,正是一只深喜的老瓮,不是普通的那种。我绕着它看了个够,惊叹一声:"哦——窑变——"

妈妈说:"这只坛子扭来扭去的,一定不是平凡的东西,你说呢?"

我对妈妈一笑,说:"从此以后,当心小偷!"说完冲去打电话给蔡志忠,说不出有多感谢。他那边,淡淡的,只说:"喜欢就好。"

当我们全家人都欣赏过了这只带给我巨大快乐的瓮时,还是没有见过送瓮的主人。

当插在瓮里的那一丛银杏已经开始发芽了的时候,都没有再打电话去骚扰过这位忙碌的画家。那时候,他的《列子说》也开始在《皇冠》连载了。

我当当心心地守住双方的约定——随缘。

一天,有事跑到"皇冠艺文中心"去。由四楼下来时,想到画廊就在三楼,顺路下去看看在做什么展出。当我跨进画廊时,那个能干的黄慈美经理背着入口坐着,她正跟一个头发长长的青年很专心地说话。

当我看了一眼那个青年时，发觉，眼前的人正是不约而遇的蔡志忠，而他，也突然看见我的出现，两个人哗一下同时跳了起来，我尖叫一声他的名字，用手向他一指，好似正要出招，而人还跳在半空中。

就在同时，立即听见另一声惨叫，那个背着我而坐的黄慈美，意外受吓，人先往后倒去，紧接着再扑向桌前，捂住胸口，眼看就要吓昏过去。

我无法向黄慈美解释这一切的来龙去脉，她并不知道蔡志忠和我，讲好了是只碰，不约的。这一回，老天叫我们不约而遇，我那个尖叫，出于自然，而且非常漫画。

蔡志忠和我的见面，加上黄慈美的居中大惊，使我笑痛了全身。漫画大师的出场，笔墨无以形容，只有漫画能够画出那份效果。

前几天，为着蔡志忠的画和我的儿童诗配合展出，去了一次他的工作室。在那品位和格调都跟我个人家居布置十分接近的房子里，悄悄地观察了一下——发觉蔡志忠将他最好的一只瓮，送给了我。

这一来，对于他的慷慨，反而使我因之又感激又愧疚。

这位朋友，当是我的好榜样。

虽然这么说，这只美瓮，还是当成性命一样宝爱着，无论怎么说，都不会学蔡志忠，将它送给任何人。

蔡志忠，多谢多谢多谢。多谢、多谢。

75

华陶窑

当我小睡醒来的时候,发觉这辆小货车正行走在河床的乱石堆里。我坐起来看窗外,只见干干的河床前,绕着一条泥巴路。

同去的朋友见我在后座撑起来,就说:"对不起,路这么颠,把你颠醒了。"

我问说:"我们在哪里?"他说在苗栗。

那一路,是由嘉义上来的,当天回台北。

我问这位朋友:"你的车子如果发不动了怎么办?"那时天色近晚,微雨,微寒。而我们的车,正在涉过一片水塘又一片水塘。

"那个窑场,真的值得去看吗?"说时我已累了。朋友很有把握地说:"去了就晓得。"

我们终于爬出了低地河床,进入一片如诗如画的乡间里去,那雨水,把一切给蒙上了轻纱。我完全醒了,贪心鬼似的把这景色给看到心里去,并不必举照相机。

这儿是苗栗的乡间,只不过距离台北那么一点点路,就连大地和空气,都是不同。

沿途中,朋友下车,去搬一只向农家买下的风鼓——用来打稻米的老农具。车子怎么样也挤不下。我们淋着雨,一试再试,都没有可能,在这种情形下,我的累,又发散了出来,对于那个要去的窑,也失去了盼望。

等到车子往山坡上开去,远远的乡间被我们丢在背后,一条平滑的柏油路转着山腰把我们往上升,那时,一片片朴素的灰瓦房这才落入眼前。大门处,写着一个好大的牌子。

入山的时候,一边的路肩,交给了花坛和红砖,一路上去,只见那人工的朴质,一种可喜的野趣,又带着一丝人文背景,自成一个山庄。窑,就到了。

窑,造在山坡上,厂房宽敞极了,四周全是架子。两面大木窗,将乡间景色,居高临下地给占了下来,那些人,生活在画里——做陶。

高高的厂房里,那份清静,好似不在人间。一个老师傅坐着,正用泥巴做好大的花瓶,一个女孩子,在另一边站着,她做小件的,在一个大台面上。

见到我们的去,年轻女孩把泥巴一推,含笑迎上来。她,画里的女子,长长头发,朴素的一条恤衫,一条长裤,脂粉不施,眉目间,清纯得有如一片春天里寂静的风景。

○ 华陶窑 ○

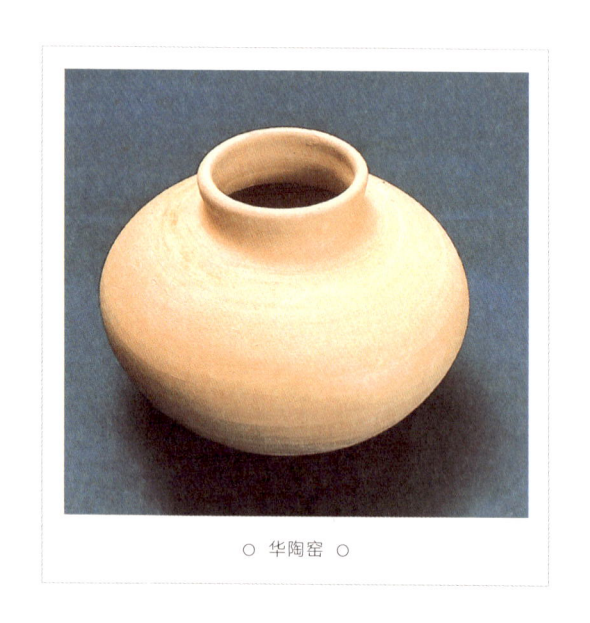

那个雨中的黄昏，就是闲静两字可得。

我们看了一下四周，好似苗栗一带的民俗品都被这一家人收了来。大大的花坛，成排的石臼，看似漫不经心地散放在空地上，细心人轻轻观察，也可知道主人的那份典雅之心。

大窗下，可以坐人，那个叫做美华的女子，安详地提来一壶水，开始泡老人茶。

是什么样的人，躲在这儿做神仙呢？

美华说，这个地方是她姐姐和姐夫的，说着说着，我们又去看了山区里的三合院。一个陈列室，全是木箱、木板地、木桌,这些东西的上面,放着一组一组的陶。

当美华关上陈列室时,看见了红红的两副对联:"也堪斩马谈方略,还是做陶看野花。"

我呆望着雨中的屋子和这两句话,心里升出一丝感伤:那种,对自己的无力感;那种,放不下一切的红尘之恋;那种,觉得自己不清爽的俗气,全部涌上心头。

美华打开左厢的门给我看,里面是一间空房,她说:"你可以来,住在这里写作。"

我想反问美华:人,一旦住到这种仙境里来时,难道还把写作也带上来吗?

那时,微雨打着池塘,池塘里,是莲花。

没敢停留太久,只想快快离去,生怕多留下去,那份常常存在的退隐之心又起。而我的父母,唯一舍不下的人,拿他们怎么办?

这种地方,如果躲在千里之外,也算了,如果确实知道,就在苗栗,有这么几个人,住在一个他们自造的仙境里——而我却不能,这份怅,才叫一种真怅。

窑,静得可以听见风过林梢,静得一片茶叶都不浮起,静得人和泥巴结合成一体,静得不想说任何话。

美华戴上手套,拿了一个槌子,说要开窑给我们看,那是个烧木柴的窑,不是电窑。我说不必了,生怕火候不够,早开了不好。美华一面打去封口处的砖,一面说:"烧了七天七夜了,正是打开的时候。"

看见她站得高高的,熟练地一槌一槌把红砖打散。看着、看着,我第一次对自己说:"我羡慕她,我羡慕她,但愿这一刻,就变成她。世界上,再没有一个人比她更美了。"

一生承担自己的命运,绝不随便羡慕任何人,也不想做任何人,只有这一次,梦,落在一个做陶的女子身上去。那份对于泥土的爱啊,将人衬得那么干干净净。

天色暗了,我的归程向北。

美华问我要什么,没有挑那些烧过的陶,走到架上,捧下一个待烧的白坛子——就要这份纯白了。

"那你当心捧住哦!这不过还是泥巴,没烧过,一碰就破了。"美华说。

我将这一个线条雅美极了的泥巴坛子用双手轻轻捧住,放在膝盖上。

回程时,出了小车祸。哨!后面的车撞上来的时候,我整个身子往后仰去,而手的姿势不变——抱着我的泥巴。

照片上这一个看上去好似素烧的坛子,是在那片桃源仙境里得来的。

那座窑,叫做"华陶窑"。

什么时候,才能够丢开一切的一切,去做一个做陶看野花的人呢?如果真有那么一天,大概才算快乐和自由的开始吧。

我不知道。

76

知　音

　　在这小小的台湾，一千八百万人口挤着过日子。看起来吓人——那么多。可是在这一千八百万人中，只找到两个人，能够跟我长谈《红楼梦》这本书——又那么少。那种谈法，是没日没夜痴谈下去的。

　　其中的一个知音，住在台中。这一个，一年可能见面两三次。另一个是位方才二十多岁的好小子——空军，驻防在花莲。我们从来没有见过面，只靠电话和通信。

　　其实对于"知音"两字，定义上给它下得太严格了。谈得来，而不谈《红楼梦》的，就不算。

　　总认为，社会上民间团体那么多，集合在一起的人，总有一个宗旨，而为什么我们这些爱红楼的人，却彼此碰也碰不到，也没有什么会呢？我的理想是：把"皇冠艺文中心"给租借下来，每星期五，只要有空，就去晃一下。而那批红楼迷，也知道每星期五晚上，只要有空，在"艺文中心"就可以碰到其他

○ 知音 ○

的红楼迷,大家见面、开讲、争论、分析、研究,甚而打架,那会有多么好玩。

这只是个想法而已,不会实现的。

话说住在台中的那个朋友,他的人缘好极了,看书也多,做人非常平实,处事自有一套,而且是个中文系毕业的人。

以上几点,并不构成知音的条件——如果没有发现他是个红迷的话。

我们这场友谊,开始在一个饭局上,直到数年之后,发觉,只要单独面对他,那十数小时的谈话可以就钉住《红楼梦》讲下去,这才恍然大悟,来者是个这方好汉,不能错过。

本来，对于《红楼梦》这一场缠了我终生的梦，在心灵上是相当寂寞的，因为无人可谈。后来，得了个知音，我的红楼，讲着讲着，理出了很多新发现，越讲越扎实，越说越明白，好似等待了多年的曹霑之灵，化做己身，长江大河也似的涌现出来。

我那可怜的朋友——知音，有时候饭都不给他吃，茶水也是凉的，他也不抱怨，总算很仁慈，给我昏天黑地讲个够，还笑着点头。

对于《红楼梦》有关的书籍，我的不够，知音的收藏就多了很多。我个人的看法还是钉住原本《红楼梦》，不敢翻阅太多其他人写的心得，怕自己受影响。不过有时候忍不住，还是拿来看。

许多次，我去外地旅行，看见有关红楼的书籍，总会买回来，交给知音收藏。

有一次，得了一副扑克牌，那个图画，居然是"金陵十二金钗"。这一喜，非同小可，细细观看画片上面小姐们的衣服、头饰、姿态、面容、背景，还有取的是书中哪一场景……

等到朋友从台中到台北来时，我拿出那副纸牌，一定要送给他。同时，还找到两套《红楼梦》的漫画本，那是在新加坡。

为了那些漫画本，我将具象的《红楼梦》"室内设计"看了个饱。那副纸牌，只有一副，朋友不肯收，要我存着。我想：他的收藏比我整齐，应该成全他。

两个人推来让去，结果朋友把牌一摊，分做两沓，说：一人一半。

这我不答应，要就完整的，不然不要。

最后，这副纸牌——金陵十二金钗，去了台中。我的心中，大喜。

后来，朋友去了金门一趟。金门没有关于《红楼梦》的东西，不比香港、日本、新加坡。

在我的红楼知己由金门返回台湾来时，他送了我照片中这两副"粿模"，算是民俗艺品的部分吧。将这两副模子，放在客厅方几上，它们跟我的家，那么相称，不愧是知音的礼物。

请看这两个模子，一面雕着龟甲纹样，象征吉祥。反面没能拍出来，雕着桃形，也象征吉瑞。中间写个"寿"字，取龟长寿之意。

所有龟粿俗称"红粿"，这种将糯米磨成粿浆，染成红色的民间食物，可以用于各种喜事，如结婚、谢神、上寿。在台湾民俗中，也用红粿供拜。如果媳妇生了男孩，到祖先坟上扫墓时，也以红粿祭拜，那就叫做"印墓粿"了。

照片中另一条长长的"粿模"，刻的是动物和花草，据说这是早年做喜饼的模子，是女家分赠给亲友的一种"订婚通知"。

这两方礼物，来自一场《红楼梦》的结缘。我倒是又在想，这种食品——糯米做的，黛玉妹妹绝对不能吃，吃了万一哭泣，是要胃痛的。倒是史湘云大妹子，吃它一个无妨。

银器一大把

他们就把这么好看的银器,堆在地上卖。我说的是——玻利维亚的印地安人。

说到旅行,其实最不喜欢看的就是风景——那种连一个小房子都不存在的风景。总觉得那就等于在看月份牌。说起月份牌,早年那种印着美女的,反而比纯风景更耐看。

总而言之,我旅行,最喜欢在里面混来混去的地方,就是乱七八糟的赶集。

玻利维亚的首都拉巴斯,海拔四千公尺,比起台湾的玉山顶来,还高过好多。而人群,总也不怕那个"高山症",满街挤来挤去,一半全是游客。对于肯来这种地方的游客——包括我自己,都是欣赏的。这叫做选地方,测品位。

好,这些银器大把大把地堆在地上卖。我抵不过这份引诱,人就蹲下去了。

也因为这批东西慢慢没人做了,取代的正是台湾出口的塑

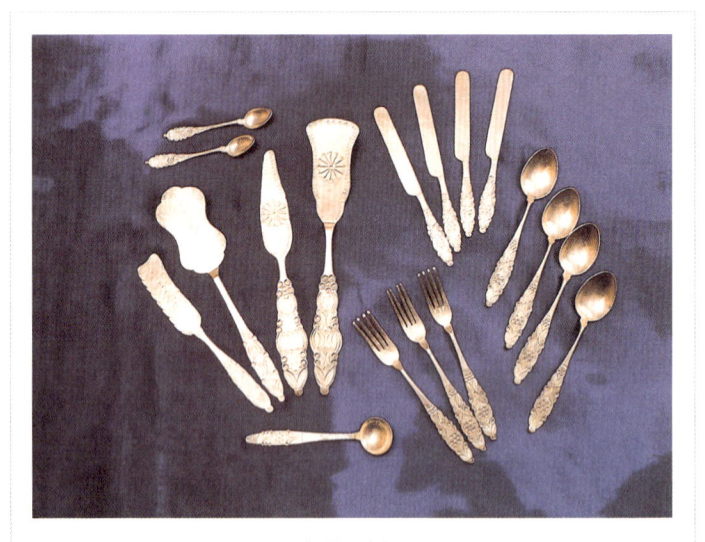

○ 银器一大把 ○

胶品。翻来翻去，不容易找到照片中餐具柄上同样花纹的，也就是说，成不了一套。

当时，背包已经满得溢出来了，而自己也知道，今生不可能用一副银的刀叉去吃饭，可是看到这些耐人寻味的好手工，还是舍不得就此掉头而去。光看那一支支叉子，它们的尖齿切面那么粗犷，就喜欢。

在拉巴斯好多天，每天东张西望，手里捉着的，不是一把小匙，就是一把刀；然后，每个小摊子前又蹲下了我，翻呀！要翻出那把柄一样的花纹来。

那次的中南美之旅，到了玻利维亚，算是投降，把那颗飘泊的心，交给了这些小摊子。

照片中的那一堆银器，不知反复走了多少回旧街，方才成了一大把。回想到，在那寒冷又舒适的高原上，老是捉了一把刀叉走路，唯恐买来的配不成一套，那份痴心，真是莫名其妙。

也因为这份看不透，觉得人生很好玩。

万一看得透透的，这也不要，那也不喜，生活中不能产生花样，做人的无悲无喜境界虽然很高，却并不在我的俗人生涯里。起码，在当时——一九八二年。

这套银器结果跟回了台湾，一次也没有用过，顺手把它们一插插进了一只阔口瓶子里去。

每年总有那么一两次，我把它们倒出来，用擦银粉略略擦一下，不给它太黑，也不能太亮。玩着这安静的游戏，即使在无人的深夜里，眼前呈现出来的，就是那片拉巴斯的旧城区，那些红红绿绿的印地安人，在我的客厅里，摆满了摊子，喧哗的市声也传入耳来。

回忆的效果，贵在于它的那份魔幻和华丽。起码，中南美洲的梦，是这么来来去去的。

不，我不敢再回到那儿去，只为了保存这份回忆中的自我创造。

78

鼓　椅

今年的四月一日，朋友说，租了辆小货车要由台北南下到嘉义乡间去收购民俗古董。我听了心里怦怦乱跳。

看看记事簿，上面排得密密麻麻的活动，那些活动，等于一道一道绳子，将人五花大绑，动弹不得。有趣的是，这种没事忙的瞎抓，偏偏叫做"活动"。用来把人绑住的事情，哪来的好日子"活"，又哪来的方圆给人"动"呢？

也许是被逼得太紧了，反抗之心便生。打了几个电话，把那些待做的事改到下半年，不管电话那边怎么抢天呼地，我反正得到了自由。这一来，三整天没有事做——哈哈。赶快跑到朋友处去，说想跟着下嘉义。我的朋友一听，很惊讶我的放假，同时热烈表示欢迎。我急着赶回去理些衣物，同时喊道："收购老东西时我让着你，一定不会抢。"

去了嘉义，看准了的好东西，乡下人家都不肯卖。就算风吹雨打地给丢在外面，我们一停车，说要买，乡下阿婆就紧张了，口里说："不卖，不卖。"有一个老阿公更有意思，他把一些坛子、石臼当成宝贝，全部收在床底下，怕人去偷。每当我们请他开价，他就狮子大开口，乱喊一通，那个价格，使人笑弯了腰。这种旅行，最有意思的并不在于搜得什么东西，只要跟这些老阿妈、老阿公谈谈话，就可以高兴好久好久。

不过短短三天的旅行，到了第三天要回台北了，还是什么也没买到。倒是庙宇，看了十家。

出于好奇心，嘉义的朋友们说，不如就到嘉义市区的民俗店里去看看，也许能够找到一些好东西。我，欣然同意。

我们一大群人，塞了满满三辆汽车，外加小孩子，那个声势就很浩大。其实，去的全是嘉义的朋友，台北去的只有三个。

当我们——这十几个大人小孩，一冲冲进那家民俗古董店时，守店的一个老板娘根本管不住我们。这十数人，在她也算住家也算店面的小平房里四处乱穿，手里东抓西放，弄得老板娘团团转。我看她好紧张。

她完全管不住我们，又不好吹哨子叫人给立正，这个平静的小店，疯了。

我先是往厨房外天井的地方钻，那儿堆放了近百个大大小小的瓮。等我发现这一个角落时，嘉义的那群朋友也哄进来了。

朋友看中几只瓮，说要拿回去插花。既然要插花，就得试试看这些瓮漏不漏水。老板娘一直说："不漏、不漏。"我们哪里肯相信，拿起她的一支水勺，就近把她接得满满一缸的清水

○ 鼓椅 ○

给拿来灌坛子。那边在灌水我就往前走了。

才进前面,就听见老板娘在喊:"这是我们家吃饭的桌子,你们不要搬呀!"什么人管她,把那张饭桌给搬到大门口阳光下去看个究竟去了。

这么乱七八糟的,只听得一片漫天叫价,就地还钱,那个老板娘惨叫:"不行,不行!"

趁着这片乱,我的手,静悄悄地提住了照片中这只"鼓椅"。也不敢叫,怕同去的台北朋友看中了要抢。

鼓椅那片红砖烧制的色彩太美,中间一抹更红自自然然掠过,形式拙中带朴,是个宝贝。

那时候，大家都去看木雕了。

收集民俗不是我专一的兴趣，家中不够大，只有收些极爱的，并不敢贪心。虽然那么说，其实已经收了一些东西了。

就在大家闹得差不多，而东西也买下了好一批时，那个老板娘又叫了一声，很惨的那种。原来，跟去的小孩子太乖了，他们把每一只坛子都给注满了水，要看看这接近一百个瓮里，哪几只不漏。老板娘好费心接的一个大水缸，全空了。

嘉义之行，最有趣的就是听见那个老板娘的好几次叫声。我想，她那天接了一笔好生意，最后把吃饭桌也给卖掉了。

这种土凳，是用黏土烧成，不敷釉，表面呈暗红色。为何叫它鼓椅呢？原因在于，它是仿照大陆鼓椅的造式，其状如圆鼓，中空，两边肚沿有两个孔，是便于搬动时用的。

这种低矮的土凳，一般放在厨房的灶前，炊事时，可以坐下，把薪柴往灶里送。

又看参考书——《台湾早期民艺》——刘文三作。里面也提起，这种鼓椅俗称"墩"，音与韧近，寓意为忍韧，也就是说，凡是遇上挫折或不如意时，以忍为先。民俗上，新媳妇拜灶神时，也一并把"墩"列为对象，以求和谐白首。

上面的含意，都是《台湾早期民艺》这本书里告诉我的。民俗店里那个老板娘不太知道这鼓椅的用途，我倒想，下次去时，送她一本这种好书呢。

阿潘的盘子

请看这只大盘子多么华丽,请再去看看那一纹一圈手工的细腻。这张照片,拍得清清楚楚,值得一看再看。欣赏价值是高的。

是一位好朋友,听说我有了新家,亲自搬来"割爱"于我的。它,来自埃及。

盘子到了我这朴素的小房子时,旧主人生恐它太华丽,配不出味道来。其实这盘子一点也不霸气。为了尊重这只被手提回台湾而不敢托运的大盘子,我移开了一些东西,将它独立放在两面木窗前,旁边放上一只大土瓮,瓮里不放鲜花,给插了一大把白树枝,风味,就衬出来了。

每一次来家里的客人,都喜欢这只盘子。其实,我的客人不多,可以说很少。就只有两三回,唱歌唱得那么动听的潘越云和齐豫来过。当潘越云看见这个盘子时,她发呆了似的看了又看,说:"三毛,你不要这东西时,可不可以卖给我?"当

○ 阿潘的盘子 ○

时,她说得很认真。

我笑着对她说:"阿潘,你去照照镜子,看看自己像不像埃及女王?我看你前世是个埃及人呐!"

写到这里,又想到潘越云的容颜,越想越觉得她可能是一个埃及美人,我说的,是她的前生。

这个盘子友谊的纪念性太高,不然,如果把它卖给阿潘,可能得个好价钱。也说不定,阿潘的前世家中,就有那么一个令她看了就发呆的盘子。即使如此,也是无论如何不卖的。

80

让我讲个故事

让我把这支"象牙银柄"裁信刀的故事讲给你听吧。

一百多年以前,在西班牙东部偏中间的地方,住着一位名叫 Jeronimo Lafuente 的民俗学家。这个民俗学家,其实也是一位开业的律师,只因他不勤于法律,反而醉心艺术,因此他的业务并不是很好,可是对于民俗,他的著作一本接一本地出。

过了很多年,这位原先家境就极好的富人,平平常常地老了,死了。死在他居住的城市里。那个城,至今还在西班牙,叫做 Teruel。

这位,我们叫他民俗学家的 Lafuente 先生,死后留下了整幢满满的图书、名画、古董家具和艺术民俗品,同时,也留下了两个女儿。

那两个女儿,虽然婚嫁了,却因为父亲的房子很大,都住在家中,没有搬出去。其中的一个女儿,又生下了另一个女儿,也就是 Lafuente 先生的外孙女。

○ 让我讲个故事 ○

那时候，西班牙内战开始了，Teruel 这个城市，先被共和军所占领，接着佛朗哥的部队开始飞到城内来丢炸弹。那是一九三六年到一九三九年之间的事。

就为了城内会丢炸弹，城里住着的人开始往乡下逃难。走的时候，只能提一个小箱子，什么贵重的东西都不敢带——万一带了，那么被杀被抢的可能性就更高了。

当战事过去了时，Lafuente 先生的两个女儿和外孙女回到了她们生长的城市，而她们发觉，那所大房子，已经被炸成一片废墟了。

那个女儿，站在全毁的地基上，不知怎么是好，也在同时，那个做外孙女的，弯下身去，在一片碎瓦的下面，捡起了照片中这一支裁信刀。

就这一把裁信刀——Lafuente 先生用了一辈子的一把小刀，成了家庭中唯一的纪念。

时光缓缓地流去，故事中那个外孙女也结了婚。她得了一个儿子，一个女儿。

有一天，一九六八年，这个外孙女的儿子也长大了，他二十七岁。

二十七岁那一年，这个西班牙人离开了他的国土，要到捷克去，因为那儿的戏剧发展得极好。而这个人，学的是戏剧。

临走时，这个男子想到他的祖先，他，顺手把这支裁信刀给放在口袋里，带去了外国。

这一走，二十年没有再回归过故土。

那把裁信刀，就这么跟了他二十年。

去年冬天，这把象牙小刀，被这位失乡的人，轻轻放进我的手里，同时，也告诉了我上面的故事。

这一阵天气转热，在家中时，我将长发一卷，用这支裁信刀往头发里一插，它，成了一支中国人用的"簪"。

这个故事并没有讲完。当有一天，我的灵魂骑在纸背上——仅仅我的灵魂——走过生满仙人掌、锦葵和金银花的幽径，穿过荆棘的花丛升向天上去时，我将不再需要这支簪。

那时候，接下来得到这件东西的人，不要忘记了，再把故事写下去哦。

81

糯米浆碗

找遍了《台湾早期民艺》这本书里的每一张图片,这种据说用来磨糯米浆的大碗,里面并没有介绍。

这只大碗的里面,划着细细的纹路,碗口滚了一圈深色,怎么看它也看不厌。

台湾的民俗品,在陶器方面,总比现在烧出来的要拙朴得多。就算拿艺术水准来说,比起欧洲来,也不失色。奇怪的倒是现在,为什么出不了那么拙的作品来呢?

这只大碗,也是在嘉义的那家民俗古董店里得来的。当大家都去忙他们的瓮时,我悄悄买下了这一只。朋友们对我太好,都不上来抢,甚而让来让去的,叫人好不羞愧。

民俗店的老板娘,最欺负我,因为我不知杀价,而且脸上流露出很想要的样子。

她一直强调,这只碗,可以用在"花道"上,是个插花的好容器。她讲的,总是功能、功能又功能,到底是个实际的家

○ 糯米浆碗 ○

伙。可是我不会拿它去插花的，这么美的内容，没有任何鲜花可以抢去它的风采，也不应该把它如此沦落。只看它，那么平常地往桌上一放，整个室内的气氛就改成朴朴素素的了。

那一天，在嘉义的店里，得了一只上几张图片中介绍的"鼓椅"，得了一只这幅照片中的大碗，买了一只小小的坛子，就收心了。

临走时，那个被我们吵得昏头转向的老板娘很可爱地说，说要跟我合照一张照片，代价是——送一只小瓮，我欣然答应，就把手搭在她的肩上，望着照相机。那时候，我们站在大门口，门口堆了一地的坛子——我们买的。

就在照相时，一队清洁街道的伯伯叔叔们围上来看，一面看一面说："这些泡菜坛子要它来做什么？还花钱买呢。我前两天，一口气把这种破烂丢掉十几个。"

听见他们这么说，我笑着笑着，对着相机，笑出了心底的喜乐来。

82

初见茅庐

居住在台湾,我的活动范围大致只是台北市的东区。这个东区,又被缩小到一条路——南京东路。由这条路,再做一个分割,割到它的四段。由这四段,来个横切——一百三十三巷,就是我的家了。

常常问自己,跑遍世界的一个浪子,可能安然在一条巷子里过活吗?答案是肯定的,不但可以,而且活得充满了生命力。

如果有人问我:一旦你住在国外,只一条街,可能满足一切精神和物质的需求吗?我想,那不可能,即使在纽约。

台北市的蓬勃,是世界上任何大都会都比不上的。我们且来看看我家的这条巷子——请你从巷口的火锅城开始走进来,你可以买水果、看人做咸酥鸡、看人爆米花、看人做小蛋糕。你可以经过咖啡馆,读一读"今日快餐"又换了什么花样。你可以溜过西药房,告诉老板你喉咙痛。同时,等着拿喉片的时候,跑到隔壁文具店去翻那些花花绿绿的杂志。如果你好吃,烧烤店内挂着叫你掉口水的东西。万一你想起香烟快抽光了，那街角的杂货铺有求必应。就算家中玻璃没有打破，玻璃店前那些挂着寄卖的名画复制品也可以走上去看一看，然后你买下的可能是一只小小的圆镜子。九十块一只的手表在台湾那么容易买到，如果你的表不灵了，把它丢掉好了，走进钟表眼镜店再看一只，买下的又可能是一只大挂钟——如果你跟老板去聊天。

　　下班的主妇一向很从容，巷子右边一排排菜肉摊好似水彩画，不到晚上九点以后不打烊。你倦了，先买一颗槟榔在嘴里咬咬，再请那中药铺给些"烧酒鸡"的药材，然后你横走五步，有人可以替你现杀土鸡——这十分可怕，还问你要不要血水。如果你不怕，塑胶袋内提回去的可以是一袋血。

　　也许你提了血又恶心，那么下一站摆的是鲜花——买一大把百合吧。又可能，明天早晨孩子的牛奶、面包家里没有了，那么顺便再走几步。买好牛奶回来，大声向修冷气机的青年喊一声："我的冷气洗好了没有？天快热了，你得赶快呀！"这时候，你突然发觉你的小孩一个人坐在路边摊上吃刨冰，你凶他一声的同时，这只手正向美发店内招，叫着："吃过晚饭要洗头哦！"当你已经快走到家了，想起你的侄女生了个小娃娃，这一想，你没有回去，绕去了金子店，讨价还价买下一只小小的金锁片。这时候，照相馆的老板也在向你打招呼，喊着："全家福的放大照已经洗出来了。很好看。"

好不容易就要上楼了，修车厂的小徒弟对你笑一笑，你突然跟他讲起要买一辆二手车。当你跟去看看"恰好"有辆二手车的同时，你比小徒弟走慢了半拍，你不知不觉站定了脚步，开始对着"水族馆"里的日光灯鱼发呆，搞不清楚这鱼为什么叫做灯。

然后，你经过宠物店、水电修理、油漆铺、打字行、茶叶庄、佛具用品、五金行、洗衣坊、牛肉面、肉羹摊……回家。

当你站在家门前时，发觉钥匙给放在公司抽屉里了，而被你凶过的小孩身上根本没放钥匙。那当然不是世界末日，你甚至不必自己跑腿，吩咐小孩下楼去喊锁匠。不到五分钟，你进门啦！回家真好。

是的，以上这些这些所见、所闻、所生活的大千世界，全在台北市这短短一条小街上。就算在这里生活一辈子，每天都是不同——包括那一只一只被杀的母鸡。

于是，七个月居住在台湾的时间，我都花在这条巷子里，而且忙不过来。巷子的左右两边，一共排了四五行，这在我们中国，叫做"衖"。现在都不这么写了，现在写成"弄"。

不必存心做什么，只要在这些"分巷"——弄，里面去走走，光是看看别人家的大门和各色各样的阳台，就可以度过极惊喜的好时光。我又因此更加忙不过来。

也是那么一天，经过六弄的"公寓教堂"，经过一家电器行，想右弯过去，去一家上海小食店买咸月饼吃的时候，突然发现，什么时候，在这巷子底的转角，开了一间茶艺馆。

对于茶，从来不很在意，总是大杯子喝冰茶又放糖的那种人。

那家茶馆所吸引我的，不是茶，而是他们丢在店外面的民俗品。石磨、石臼、老坛子、陶器、古桌，那么漫不经心地给放在外面街上——大大方方，不怕人偷的那种大器。

看着看着，玩心浮了出来，想把那只石磨给买下来，眼睛朝左一瞄，又见木架上另一只老石磨，那么全都买下吧。一只小的给自己，一只大的送朋友。

那天回去时并没有把石磨给捐回去，倒是提回了一口袋小月饼。茶艺馆内的人很放心别人打量他们的东西，并不出来审问。没有人来审问，我就也不去审人——没问价格。

在家中晚餐的时候，跟父母讲起我的新发现，说：社区内又多了一个去处。当然讲起那只石磨啦。母亲说：你用它来做什么，那么重的？我说：我就把它给摆着，不做什么。

吃过晚饭，不大放心，又去看了一次。还好，都在。

这一回，店里跑出来一个下巴尖尖的瘦子，脸上笑笑的，眼光锐、口也甜，见了我，立刻叫——陈姐姐。是个精明人，反应好快。

他是年轻，轻得人都是没长满的样子，很一副来日方长的架势。一双手，修长修长的。

我们买卖东西，双方都爽快，没几句话一讲，就成交了。

约好第二天用小货车去搬。说着说着,老毛病又发了,什么民俗啦、什么老东西啦、什么刺绣啦、什么木雕啦……全都站在店门口谈了个够。一面讲一面踢踢石磨,那旁观者看来,必定认为我们在讲"大家乐",不然两个人的表情怎么那么乐呢。

就这样,我走了,走了几步,回过头来,方才看见一串红灯笼在晚风里摇晃,上面写着"茅庐"。

那是我初次见到茅庐的主人——陈信学。第二天,去搬石磨的时候,信学的太太跑了出来,大家叫她——小琪。这一对痴心民俗艺品的疯子,跑到我们这个社区来开茶艺馆,兼卖古董。那个茶馆里呀,连曾祖母的老木床都给放进去了。喝茶的人可以上床去喝,只是小琪不许客人拉上帘子,也不许人躺,只许人盘腿坐着。

以上的故事还没有照片出来。只因我还算初去。

83

再赴茅庐

小琪对我的喝茶方法十分惊讶,当她把第一只小杯子冲上茶时,我举起来便要喝。小琪用手把我的杯子拦下来,把茶水往陶器里一倒,说:"这第一次不是给你喝的,这叫闻香杯。"

我中规中矩地坐在她身旁,很听话地闻了一次茶香。小琪才说:"现在用另一个杯子,可以品了。我今天给你喝的茶,叫做——恨天高。"

也不敢说什么话,她是茶博士,真正学过茶道的,举手投足之间,一股茶味,闲闲的。我一直在想茶的名字,问小琪:谁给取的?小琪笑说是她自己。那家茶艺馆内许多古怪又好听的茶名,贴在大茶罐上,喜气洋洋的一片升平世界。

再赴茅庐的意思,就是一再地去,而不只是再去一次。明知茅庐这种地方是个陷阱,去多了人会变,可是动不动又跑过去了。一来它近,二来它静,三来它总是叫人心惊。

那些古玩、民俗品,散放在茅庐里,自成一幅幅风景。宁静闲散的灯光下,对着这些经过岁月而来的老东西,那份心,总有一丝惊讶——这些东西以前放在谁家呢?这两个年轻人开的茶馆,又哪里弄来这么多宝贝呢?

"宝贝吗?"小琪笑着叹口气,又说,"压着的全是东西,想靠卖茶给赚回来,还有得等呢。"说着说着,一只手闲闲地又给泡了一壶茶。

那种几万块一个的茶壶,就给用来喝平常心的平常茶。小琪心软,茶价定得低,对于茶叶的品质偏偏要求高,她的心,在这种情形下,才叫平常。

有时,黄昏里走过去,看见小琪一个人在听音乐,不然在看书,总是问一声:"生意好吗?"小琪从不愁眉苦脸,她像极了茶叶,祥和又平淡地笑着。一声"还可以",就是一切了。

信学比起他的太太来,就显得锐气重,茶道好似也不管,他只管店里的民艺。对于一些老东西,爱得紧,也有品位。这种喜好,就如同他那双修长的手——生来的。

我们一见面,就不品茶了。我是说信学和我,两个人吱吱喳喳地光谈梦想。

"我说,这家店还可以给更多的人知道。你们光等着人来,是不行的。"我讲。信学讲:"对呀!"我讲:"那就得想办法呀!"信学讲:"这么小一家店,总没有人来给做报道吧!"我说:"我们自己报道呀!"信学说:"那支笔好重的。"我说:"什么笔都是重的,你学着写写看呀!"信学听我讲得快速,每一个句子后面都跟了呀——呀——呀的,显然很愉快。他追问了一句:"你有什么主意?"我这才喊起来:"好啦!回去替你们写一封信,介绍茅庐给我们的邻居,请他们来这里坐坐,也算提供一个高雅的场地。"

信学和小琪还没会过意来,我已经推开门跑掉了。笔重、笔重,写稿子笔当然重死人。可是,给我的芳邻们一封信,下笔愉快,轻轻松松。再说,我总是跟邻居点头又微笑,从来没有理由写信给他们。这么一想,很快乐——去吓邻居。

跑着、跑着,信学追上来喊:"陈姐姐,不急写的。今晚云门舞集订了一桌茶。"我倒退着跑,喊回去:"好——马上就去写。云门的人有眼光,而且都是好人。再——见——"

跑回家才二十分钟,这样一封信就写好了——

亲爱的芳邻:

很高兴能够与您住在同一个地区,成为和睦亲密的邻居。这份关系,在中国人来说,就叫缘分。也许您早就知道,在我们的社区里,"云门舞集"这个杰出的舞团也设在我们中间,这是我们的光荣。可是也许您还不知道,就在我们彼此住家的附近,一对年轻的夫妇,基于对茶道、民俗艺品以及中国文化的热爱,为我们开设了一家小小的茶艺坊。在这家取名为"茅庐"的地方,您不但可以享受亲切的招待,也同时能在消费不多的情形下,拥有一个安静又典雅的环境。

当您在家中休息时，可能因为孩子太可爱而没有法子放松疲倦的身心，也可能因为朋友来访，家中只有一间客厅，而您的家人坚持要在同一个房间观看《庭院深深》的连续剧，使得您不能和朋友谈天。基于种种台北市民缺少安静空间的理由，请您不要忘了，在您散步就可抵达的距离，这间能够提升您精神及视觉享受的茶坊，正在静静地等待您的光临。

我本身是这家茶坊的常客，它带给我的，是内心的平和，身心的全然休息，更何况，茶坊的茶，以及陈列的民俗艺品，深值细品。

能够介绍给您这家高尚又朴实的小茶坊，心中十分欢喜。希望把这份快乐与您分享，使我们彼此之间，居住得更加和气与安详。

谢谢您看完这封长信。

您的邻居
三毛敬上

噜里噜苏写好了信，自己举起来看了一下，文句中最常出现的字，就是——我们、我们又我们。这绝对不是一封广告单，这是我们同胞之间的亲爱精诚。这么一感动，自己就越来越觉得——住在自己的土地上,有多好。那么一大群人挤着住,有多好——都不打架的。一次能够跟那么多人写信,又有多好。我得赶紧去影印。

当天晚上,影印了三十份拿去给小琪看,小琪念着念着笑起来了,说写得很亲切。我抓过来再看,才发觉忘了附上茅庐的地址和电话,很脱线的一封信。

信学看了,又在信下面画上一张地图,说:"印它个三千张!"

我以为,三十张纸,信箱里去丢一下就好了,没想到信学雄心比我大了整整一百倍,他一上来就是几千的,并不怕累。

就这么有空就往茅庐跑,跑成了一种没有负担的想念。几天不去,一进门,如果没有客人在,小琪就会大叫一声:"呀——陈——姐——"

信都发出去了。邻居在街上碰见我,拦下人,说:"收到你的信啦!"我准回一句:"那就请去捧场嘛!大家好邻居。"

信学和小琪这对夫妇有个不良习惯,初去的客人,当然收茶资,等到去了两三次,谈着话,变成了朋友,就开始不好意思收钱。于是茅庐里常常高朋满座,大家玩接龙游戏似的,一个朋友接一个朋友,反正都是朋友,付钱的人就不存在了,而茶叶一直少下去。店就这么撑着。

"你这个样子不行。"我对小琪说。她一直点头,说:"行的!行的!"

○ 锅仔饭桶 ○

起初几次我坚持要付茶资，被信学和小琪挡掉了，后来不好意思再去，心中又想念。有时偷偷站在店外看老坛子，小琪发觉了就冲出来捉人。

其实光是站在茅庐外面看看已经很够了。茶坊窗外，丢着的民艺品一大堆，任何一样东西如果搬回我家去，都是衬的，而我并不敢存有这份野心。

收集民俗品这件事情，就如打麻将，必然上瘾。对待这种无底洞，只能用平常心去打发，不然一旦沉迷下去，那份乐而忘返，会使人发狂的。

虽然这么说，当我抱住一只照片上的古老木饭桶时，心里还是高兴得不得了。信学告诉我，这种饭桶只装捞饭的，所以底部没有细缝,如果是蒸饭桶,就有空洞好给蒸汽穿过。我没有想到功用的问题,只是喜滋滋地把它往家里搬。

说实在的,茅庐里古老的家具不是个人经济能力所可以浪掷的地方,可是一些零碎的小件物品并不是买不起,再说信学开出来给我的全是底价,他不赚我的。

得了饭桶——我情愿用闽南语叫它"锅仔饭桶"之后,眼光缠住了一幅麒麟刺绣,久久舍不得离开它。同时,又看中了墙上两三块老窗上拆下来的泥金木雕。看了好久好久,方才依依不舍地离去。

"你已经有一大堆老坛子了,还要增加做什么?"妈妈不明白地问。我数着稿费,向母亲说:"一个人,不吃、不穿、不睡、不结婚、不唱歌、没有汽车、没有时间、更不出国去玩,而且连口哨都不会吹。请问你,这种人一旦买下几样民俗艺品,快乐几天,算不算过分?"

母亲听了分析,擦擦眼睛,说:"如果这件事能给你快乐,就去买下吧。"

当我捧着这些宝贝坐在小琪身边又在喝茶时,小琪问我:"你好像从来都是快乐的,也不计较任何事。你得教教我。"

"我吗?"我笑着抚摸着一片木雕,轻轻地说,"其实这很简单,情,可以动,例如对待日常生活或说这种艺术品。那个心嘛,永远给它安安静静地放在一个角落,轻易不去搬动它。就这样——寂寞的心,人会平静多了。"

○ 泥金木雕 ○

说着说着,外面开始下起微雨来,我抱起买下的一堆东西,往家的方向跑去。

那个晚上,家中墙上又多了几件好东西,它们就是照片上的麒麟和两幅泥金木雕。茅庐得来的东西,连上面那个锅仔饭桶以及没有照片的石磨,一共五样。

84

三顾茅庐

就这样,在我繁忙的生活中,偶尔空闲个一两个小时左右时,我就走路到茅庐去坐坐。

那一封写好的信,慢慢地发出去了。

有一天我经过茅庐,小琪笑得咯咯地弯了腰,说:"前天晚上来了一大群老先生,来喝茶,说是看了你的信,一来就找你,没找到,好失望的。"

"是不是可爱的一群老先生?"我笑着扬扬眉。小琪猛点头,又说:"好在我们那天演奏古筝,他们找不到你,听听音乐也很高兴。"

"就这一桌呀?"我问。小琪说:"两桌。又一次来了一对夫妇,也是看你信来的。"

"才两桌?我们发了三千封信吔?!"我说。

小琪笑着笑着,突然说:"我快撑不下去了。"我盯住她看,一只手替她拂了一下头发,对她轻轻地说:"撑下去呀,生意不是一下子就来的,再试试看,一年后还没有更好,再做打算吧!"

小琪和信学都没有超过三十岁,今天这份成绩已经算很好了。那批茶具、古董,就是一笔财产,而生意不够好,是我们做朋友的一半拖累了他们。

在这种情形下,又从茅庐搬回来一只绿色彩陶的小麒麟,加上一只照片中也有的大土坛——早年腌菜用的。土坛上宽下窄,四个耳朵放在肩上作为装饰,那线条优美又丰满。

我当当心心地管理好自己,不敢在收集这些民艺品上放进野心,只把这份兴趣当成生活中的平常部分。也就是说,不贪心。

对于收来的一些民俗品,想来想去,看不厌的就是瓮。每一个瓮,看来不是腌菜的就是发豆芽的,或说做别的用处的。可是它们色彩不同、尺寸有异、形状更不一样,加上它们曾经是一种民间用品,在精神上,透着满满的生活情调,也饱露着最最淳朴的泥土风味,一种"人"的亲切,就在里面。这"人",就是早年的普通人,他们穿衣、吃饭、腌咸菜,如同我们一般。

于是,在这无底洞也似的古董、民俗品里,我下决心只收一种东西——瓮。

茅庐的可亲可爱,在于它慢慢成了社区内一个随时可去的地方。繁忙的生活中,只要有一小时空闲,不必事先约会,不

○ 茅庐中来的麒麟 ○

○ 又一只麒麟 ○

○ 土罐子 ○

必打扮，一双球鞋就能够走过去坐坐。也因为如此，认识了在复兴中学教书的国文老师——陈达镇。

陈老师收藏的古董多、古书多，人也那么闲云野鹤似的。看到他，总想起亮轩。这两人，相似之处很多，包括说话的口气。

陈老师的古董放在他家里，他，当然又是个邻居。我们这条一百三十三巷，看来平常，其实卧虎藏龙的，忙不过来。

从茅庐，我进入了陈老师的家。

呆看着叫人说不上话来的大批古董和书籍，我有些按捺不住地动心，这很吓人，怕自己发狂。陈老师淡淡地来一句："浅尝即止，随缘就好——玩嘛！"

我蓦然一下收了心，笑说："其实，我们以物会友也是非常好玩的。例如说，每星期五，不特别约定必须参加的，每星期五晚上，有空的人，就去茅庐坐一下，每人茶资一百，然后一次拿一样收藏品去，大家欣赏，也可以交换——"

陈老师笑说："这叫做——献宝。"

想到这种闲散的约会，如果有上三五人，就能度过一段好时光。不必去挤那乱七八糟的交通，只要怀里拿个宝贝，慢慢走过去就得了。那份悠然，神仙也不过如此。

"叫它献宝会。"我说。笑着笑着，想到陈老师可能拿了一只明朝瓷碗去，而我拖个大水缸去献宝的样子，自己先就乐不可支。

茶坊茅庐，被我们做了新的游戏场。

住在这小小的社区里，可以那么生动又活泼地活着，真是哪里也不想去了。人生，在这个小小的角落里，玩它个够本。

也是在茅庐里喝茶的时候，把玩了好几块鸡血石的印章，要价低得以为他们弄错了。这，只是把玩，我很坚定的是：只要土坛子。

写着上面的话，我感觉着一份说不出的安然和幸福。那种，居住在一群好邻居里的喜悦和安全都是这一群群淳厚的同胞交付给我的礼物，我不愿离开这儿。

三顾茅庐的故事并没有讲完。三，表示多的意思，我的确去得不少。

照片中一共六样东西：锅仔饭桶、刺绣麒麟、两幅泥金木雕、一只彩陶麒麟、一个大腹土罐子。

这并不表示我只向茅庐买下了这六样，也不表示茅庐只有这一类的东西，他们的家具、古玩、茶壶，以及无数样的宝贝，都在等着人去参观，是一个好去处。

走笔到此，又想到陈达镇老师对茅庐讲的一句话，使我心里快乐。对着那一批批古玩、民艺品，陈老师笑笑地说："本来无一物，何处惹尘埃。"

虽说非常明白这句话，可是我还是想放下这支笔，穿上鞋子，晃到茅庐去看一看，看那一对小石狮子，是被人买走了呢，还是仍旧蹲在那儿——等我。

85

印度手绣

前年吧,新加坡《南洋星洲联合报》举办了一次文学征文奖。同时,在颁发"金狮奖"的时候,邀了中国大陆、台湾、香港以及居住在美国的华文作家去开会。我算敬陪末座,代表了台湾,同去的还有痖弦,我们的诗人。

对于开会,我的兴趣极少,可是去这么一趟,能够见到许多闻名已久的大作家,这就不同了。我喜欢看名人。

初抵新加坡时,举办单位做事太细心,不但安排食宿,同时还很周到地交给每个与会的人一个信封,里面放了两百块新币,在当时,相当于一百美金,算做零用钱。

这个所谓文学集会,在那几天内认真地开得如火如荼。这的确是一场扎扎实实的大会。只怪我玩心太重,加上新加坡朋友也多。开会开得不敢缺席,可是我急切地想抽空跑出去街上玩。

就在一个不干我事的早晨,散文组部分没有会可开,我放

○ 印度手绣 ○

弃了睡眠，催着好友李向，要他带我去印度店里去买东西。

那一百块美金，因为忙碌，怎么也花不掉。

就在急急匆匆赶时间去土产店的那两小时里，我在一家印度店中发现了这一大块色彩惊人艳丽的手工挂毯。

盯住它细看了十分钟，觉得不行——它太丰富了，细细地观看那一针一线，一年也看不够。

我还是盯住它发呆。李向在一旁说："就买下了吧！"我没答腔。

美丽的东西不一定要拥有它。世上最美的东西还是人和建筑,我们能够一幢一幢房子去买吗?

"这不是房子。"李向说。

这不是房子,而且我不止只有那一百美金。可是我还是相当节制的。

店主人对我说:"你就买去了吧!店里一共只有两幅,这种挂毯手工太大,不会生产很多的。"

我试着杀价,店主说,便宜五块美金。这不算便宜,可是我不会再杀,就买下了。

放在抽屉里好几年,一直不知道给它用在什么地方才叫合适;于是也不急——等它自己要出现时,大自然自有道理。

过了三年整,我在台湾有了自己的房子,客厅壁上不挂字画,我想起这幅藏了好久的挂毯,顺手翻出来,用钉子把它钉上,就成了家中气氛最好的一角。

这幅东西来得自自然然,完全随缘而来,看着它,没有一点吃力的感觉。心里很快乐。

○ 飞镖 ○

86

飞　镖

有这么一个故事。

一个寡妇，辛辛苦苦守节，将几个孩子抚养长大。她，当然也因此老了。

在她晚年的时候，说起往事来，这个寡妇向孩子们展示了一百枚铜钱。说，这些铜板，每天深夜里被她散撒在房间的床下和地上，而她，趴着，一枚一枚地再把它们从每一个角落里捡回来。就这样，一个一个长夜啊，消磨在这份忍耐的磨炼里，直到老去。

以上这个故事，偶尔有朋友来家中时，我都讲给他们听。然后，指着那个飞镖盘，以及那一支一支完全被射中在正中心的飞镖，不再说什么，请他们自己去联想。

就因为我先讲那一百枚铜钱，再讲这个飞镖，一般人的脸上，总流露出一丝不忍，接着而来的，就是一份怜悯——对我的那一个一个长夜。

他们不敢再问什么，我也不说。

万一有人问——从来没有过。万一有人问："这就是你度过长夜的方式吗？"我会老老实实地说："完全不是，只不过顺手给挂上去的罢了。"

那一百枚铜钱和那个寡妇，我一点也不同情她——守得那么勉强，不如去改嫁。

那又做什么扯出这个故事又把它和飞镖联在一起去叫别人乱想呢？

我只是有些恶作剧，想看看朋友们那种不敢不同情的脸色——他们心里不见得存着什么同情，也不必要。必要的是，一般人以为必须的一种礼貌反应。这个很有趣，真真假假的。

飞镖试人真好玩，而且百试不爽。

后　记

　　《我的宝贝》在《俏》杂志以及《皇冠》杂志上连续刊登了一年多的时间。这本书的诞生，无非抱持着一贯的心态，那就是：把生活中的片段记录下来。

　　其实，我的宝贝不止书上那么一点点，自从少年时代开始拣破烂以来，手边的东西总是相当多。随着时间的流逝加上个人环境的变迁，每隔五年左右，总有一些原因，使我的收藏大量流失。起初，对于宝贝的消失，尚有一些伤感，而今，物换星移，人海沧桑早已成为习惯，对于失去的种种，都视为一种当然，不会再难过了。

　　《我的宝贝》在连载期间得到极大的回响。分析这个专栏之所以受欢迎的原因，可能在于它的图片和故事的同步刊登。我很喜欢读友们把这本书当成一本"床边故事"，看一个图片，听一个故事，然后愉快地安眠。事实上，很多做母亲的，已经把这种方式在连载时用在孩子入睡的时刻。我发觉，孩子们也很喜欢听故事再看图片。

也喜欢读友们把这本书当成礼物去送给好朋友，因为送的不止是故事，同时也送了一大堆破铜烂铁般的所谓宝贝。

这些经由四面八方而来的宝贝，并不是不再流动的，有些，在拍完了照片之后，就送了人，也有些，不断地被我在种种机缘中得来，却没有来得及收进这本书里去，很可惜的是，来的都是精品。这只有等待过几年再集合它们，另出一本书了。

借着一件一件物品，写出了背后的故事，也是另一种保存的方式，这么一来，东西不再只是它的物质基础，它们，加入了人的悲喜以及生活的轨迹，是一种文物了。

总有一天，我的这些宝贝都将转手或流散，就如它们的来那么自然。如果后世的人，无意间得到了一两样，又同时发现，这些"古斑斓"曾经被一本书提到过，那份得来的心情可能不同。

又如果，每一个人，都把身边的宝贝拍照记录下来，订成一本书，数百年之后，旧书摊上可能出现几十本《物谱》，会是多么有趣。

我写这本书的快乐，就在于这份好比一个小学生写一篇篇历史作文一般的趣味和心情。

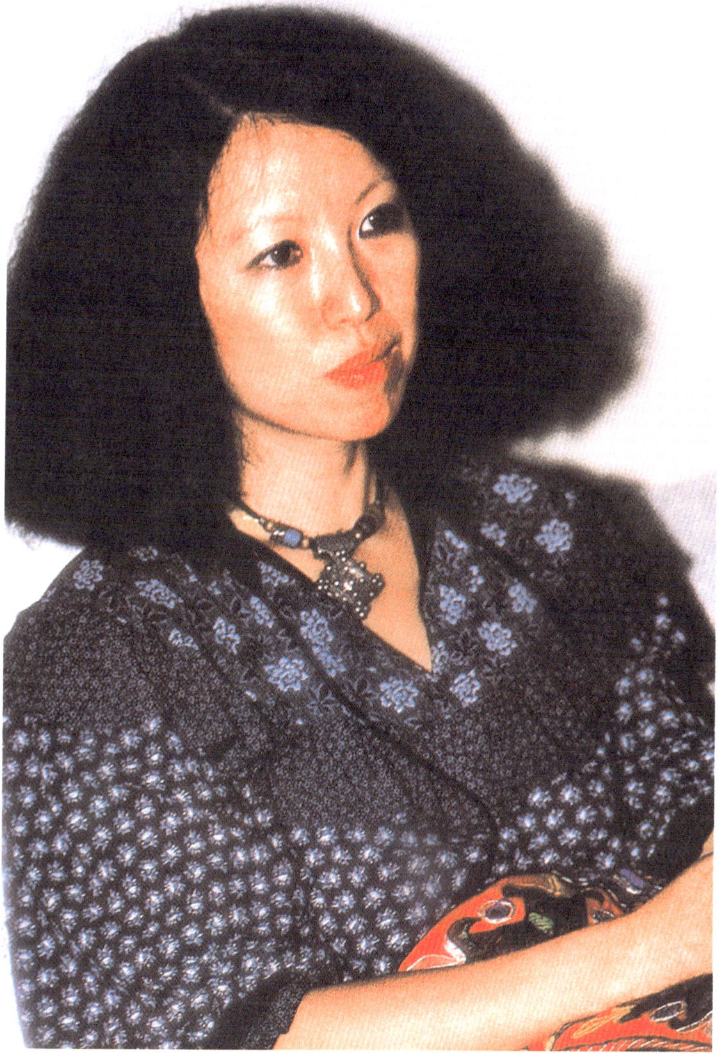

图书在版编目（CIP）数据

我的宝贝 / 三毛著. -- 海口：南海出版公司，
2023.11
ISBN 978-7-5735-0598-9

Ⅰ. ①我… Ⅱ. ①三… Ⅲ. ①散文集-中国-当代
Ⅳ. ① I267

中国国家版本馆 CIP 数据核字（2023）第 169974 号

著作权合同登记号　图字：30-2021-105
本书由皇冠文化集团授权，仅限于中国大陆地区销售，不得售至台、港、澳地区，及东南亚、美、加等任何海外地区。

我的宝贝
三毛 著

出　　版	南海出版公司　（0898）66568511
	海口市海秀中路51号星华大厦五楼　邮编 570206
发　　行	新经典发行有限公司
	电话（010）68423599　邮箱 editor@readinglife.com
经　　销	新华书店
责任编辑	侯明明
特邀编辑	沈　宇　熊霁明
营销编辑	李清君　杨美德
装帧设计	好谢翔
内文制作	贾一帆
印　　刷	河北鹏润印刷有限公司
开　　本	880毫米×1168毫米　1/32
印　　张	9.5
字　　数	197千
版　　次	2023年11月第1版
印　　次	2023年11月第1次印刷
书　　号	ISBN 978-7-5735-0598-9
定　　价	68.00元

版权所有，侵权必究
如有印装质量问题，请发邮件至zhiliang@readinglife.com